मातम

मातम

स्वदेश दीपक

वाणी
प्रकाशन

प्रकाशन के उत्कृष्टतम 61 वर्ष

vaniprakashan.com

पेपरबैक पहला संस्करण : 2024

वाणी प्रकाशन

4695, 21-ए, दरियागंज, नयी दिल्ली-110 002

फ़ोन : +91 11 23273167, 23275710

शाखाएँ

अशोक राजपथ, पटना-800 004, बिहार

कॉफ़ी हाउस कैम्पस, महात्मा गांधी मार्ग, प्रयागराज-211 001, उत्तर प्रदेश

महात्मा गांधी अन्तरराष्ट्रीय हिन्दी विश्वविद्यालय, वर्धा-442 001, महाराष्ट्र

36/ए, शेक्सपियर सरणी, रानी बिरला गर्ल्स कॉलेज के पास, कोलकाता-700 017, प. बंगाल

sales@vaniprakashan.in
vaniprakashan@gmail.com

Matam
by Swadesh Deepak

ISBN : 978-93-5775-560-3
Collection of Stories

मूल्य : ₹ 225

जी.एस. ऑफ़सेट, दिल्ली-110 095 में मुद्रित

वाणी प्रकाशन का लोगो मक़बूल फ़िदा हुसेन की कूची से

It must go further still: that soul must become its own betrayer, its own deliverer, the one activity, the mirror turn lamp.

– W.B. Yeats.

अनुक्रम

मातम

सुबह–सवेरे सावित्री को पिता के मरने का तार मिला। तार का मज़मून पता लगते ही उसने छाती पीटना और चीख़–चीख़कर रोना शुरू कर दिया। गला–फाड़ रोने की आवाज़ पड़ोसियों तक पहुँची और चन्द मिनटों में ही आस–पड़ोस के लोग उसके घर पहुँच गये। हर कोई अपने हिसाब से सावित्री को दिलासा दे रहा है। यह तो दुनिया का दस्तूर है, जो आता है वह जाता भी है। अच्छी उमर थी। भगवान ने अपने पास बुला लिया। दुःख तो होता ही है। वग़ैरह–वग़ैरह।

उसके पति ने दफ़्तर से छुट्टी ली। बिना कुछ खाये–पिये दोनों ने बस पकड़ी। दोपहर को वह अपने मायके पहुँच गयी। बाहर आँगन में दुनियादारी दिखाने, सोग मनाने वालों की अच्छी–ख़ासी भीड़ जमा थी। वह घर से अभी दूर ही थी कि दहाड़े मारकर रोना शुरू कर दिया ताकि उसके पहुँचने से पहले उसके आने की ख़बर लग जाये। जब भी कोई नज़दीकी रिश्तेदार पहुँचता है औरतें कमर पर दो पट्टे बाँधकर एक दायरे में खड़ी हो जाती है। सावित्री के पहुँचने पर भी ऐसा ही हुआ। दायरा बन गया। बूढ़ी औरत ने पहले बैन बोला। सबने सुर ताल में जवाब दिया। पहले माथे पर दोहत्थड़, फिर छाती पर, फिर जाँघों पर। सावित्री क्योंकि अब पहुँची है। इसलिए भरपूर ज़ोर से दोहत्थड़ मार रही है। वह पहले से कमज़ोर है। सिर्फ़ दस मिनट में ग़श खाकर गिर पड़ी। औरतों ने 'पानी लाओ, पानी लाओ' का शोर मचाया। उसके ग़श खाकर गिरने ने उसके दुःख के झण्डे गाड़ दिये हैं। औरतों की आँखों से उसके लिए प्रशंसा–ही–प्रशंसा टपक रही है। एक बुज़ुर्ग ने यह दृश्य देखा, फ़र्श पर रगड़कर बीड़ी को बुझाया और ऊँची आवाज़ में औरतों को सम्बोधन करते हुए अपना रोल अदा किया।

"––बस बहुत हो गया। भगवान की मर्ज़ी के आगे किसकी चलती है। इस पर तो दया करो। पहले ही इतनी कमज़ोर है।"

मुँह पर पानी की छीटें पड़ी। एक घूँट हलक में उतरा और सावित्री को 'होश' आ गया। अब वह माँ के गले लग कर धीमी आवाज़ में रो रही है। इसी तरह अभी उसे सबके गले लगना है, रोना है।

माँ ने कहा, "बेटी, शाम तक बिल्कुल ठीक थे। रात को तकलीफ़ बढ़ गयी। खाँसी का दौरा पड़ा और प्राण गले में ही अटके रह गये। साँस जहाँ–की–तहाँ। पल भर में पूरे हो गये। जो रामजी की मर्ज़ी। मुझे इस उमर में बेसहारा करना था, कर गये।"

सावित्री के पिता ने पिछले दो वर्षों से खाट पकड़ रखी थी। दमा की बीमारी थी। खाँसी एक बार छिड़ती थी तो अधमरा करके बन्द होती थी। ख़ून–सनी बलग़म से चिलमची लाल हो जाती थी।

अब सबसे पहले आये हुये लोग जाने लग पड़े हैं। सावित्री की दूसरी बहिनें और भाइयों की बीवियाँ अन्दर कमरे में फ़र्श पर आ बैठी हैं।

सावित्री अपनी भाभियों की ओर अर्थपूर्ण दृष्टि से देखते हुए कहती है, "यह हमारी माँ का ही जिगरा था कि दो साल तक बाऊजी की सेवा की। रात को उठ–उठकर चिलमची साफ़ करना, ग़लाज़त फेंकना। हे रब्बजी। दूसरा कोई इस कलयुग में क्योंकर सेवा करेगा।"

आख़िरी फ़िक़रे में उसने अपनी भाभियों का निशाना बनाया है। वह दोनों नीची आँखों से फ़र्श देख रही हैं। कुछ बोली नहीं। अब माँ उठकर किसी काम से बाहर गयी है। सावित्री ने अपनी बहिनों की ओर देखकर कहा, "चलो जी यही शुक्र है भगवान ने बाऊजी को सँभाल लिया। सच्ची, दो साल से कितना ख़र्चा हो रहा था। जो दुःख पाया वह अलग। मैं तो कहती हूँ भगवान एकदम ही क्यों नहीं उठा लेता। इतना दुःख तो भगवान दुश्मन को भी न दे।"

उसकी दोनों बहिनों ने हाँ में सिर हिलाया।

सावित्री की शादी अभी पिछले साल ही हुई है। शादी के दिनों में पिता ज़िन्दगी–मौत के बीच लटक रहे थे। सबको खटका था जाने किस वक़्त चल बसें। शादी कम–से–कम एक साल के लिए तो धरी–की–धरी रह जायेगी। उसने सोलह शुक्रवार व्रत रखे थे। पिता मरें तो उसकी शादी के बाद। शादी के बाद जब–जब वह मैके आयी बदमज़गी ही रही।

कुछ भी अच्छा घर में पकता न था। शादी के चमकीले कपड़े वैसे–के–वैसे पड़े रहे, पिता मौत के मुँह में हो तो सजना–सँवरना क्या अच्छा लगता है?

बड़े भाई का अपना अलग परिवार है। उसकी अपनी कमाई थोड़ी–सी है, माँ–बाप की क्या मदद करता। सावित्री शुरू से उसके ख़िलाफ़ है। भाई का ख़ून सफ़ेद हो जाने की बात वह पहले भी कई दफ़ा कह चुकी है। अब वह बड़ी भाभी को पैनी नज़र से देखते हुये कहती है–

"भइया को अब तो ख़र्च करना चाहिए। बाप ज़िन्दा था तब तो कुछ नहीं किया। मरने के बाद तो कुछ शर्म आनी चाहिए। हाय, बाऊजी तो ज़िन्दगी–भर उसके एक पैसे तक को देखने के लिये तरसते रहे।"

हालाँकि सच यह है कि नौकरी लगने के आठ साल बाद तक बड़ा क्वाँरा रहा, वेतन की पाई–पाई घर देता था।

बाहर कुछ और औरतें पहुँच गयी हैं। स्यापा फिर से शुरू हो गया है। सावित्री कमर कसे दायरे में पहुँच गयी है। कई तरफ़ से 'न, न' की आवाज़ें आयीं। लेकिन वह कहाँ मानने वाली थी। भरे गले से बोली, "हाय तुम सबको भगवान का वास्ता। मुझे कोई न रोके। मेरा शेर जैसा बाप मर गया। हाय रब्ब जी।"

बड़ी भौजाई थोड़ी सीधी है। उसे स्यापे के क़ायदे–क़ानून का पूरा ज्ञान नहीं। वह सुर–ताल के साथ दूसरी औरतों का साथ नहीं दे पा रही। एक बड़ी–बूढ़ी ने उसे तीख़ी आवाज़ में डाँटा–

"अजी तुम्हें शर्म आनी चाहिए। उधर देखो, कल की ब्याही सावित्री कैसे ताल के साथ ताल मिलाकर स्यापा कर रही है।"

बड़ी बेचारी चुप ही बनी रही। जवाब सावित्री ने दिया,

"छोड़ मौसी, तू किस का ज़िक्र ले बैठी। रोना उसी को आता है जिसके दिल को लगती है।"

बड़ी अब मुँह पर आँचल दबाकर सिसक रही है। स्यापे का यह राउंड ख़त्म हो गया।

सब मरद काम में जुटे हैं। मज्जल, अर्थी उठाने का वक़्त हो रहा है। बड़े–बूढ़े अब तक दरी पर बैठे, बीड़ियाँ फूँकते, क़िस्से सुना रहे थे। ज़िन्दगी में कई मौतें देखने के बाद वे इसके आदी हो चुके थे। कुछ लड़के को हौसला बँधा रहे हैं। वह सबको सुनाकर ऊँचा बता रहा है।

"बाऊजी बीमार थे तो क्या हुआ। सारा दिन घर बैठे रहते थे। बड़े बुज़र्गों का तो साया ही काफ़ी होता है। किसकी मजाल कि घर के सामने से खाँसकर भी निकल जाये। शेर की तरह गरज उठते थे।"

वैसे घर में केवल दो ही कमरे थे। बीमार बाप भरपूर गर्मियों में आँगन में लगे नीम के नीचे आधा दिन धूप में, आधा दिन साये में पड़ा रहता था। सर्दियों में बरामदे में टाट का दरवाज़ा लगा दिया जाता था। बाप की चारपाई वहीं लगती थी। बूढ़ा शरीर, उस पर बीमार। बला की सर्दी में खाँसी का दौरा पड़ता तो घण्टों थमता न था। गले में फँसी बलग़म के कारण घर्र–घर्र की आवाज़ें दीवारों–दरवाज़ों से सिर पटकती रहती थीं। सब लोगों की नींद जो उचटती तो सुबह तक आने का नाम न लेती थी। अन्दर कमरे में लेटा छोटा लड़का कई बार बीवी से कहता–

"तौबा। सारा दिन दफ़्तर से थक–टूटकर आओ। रात को भी चैन की साँस लेना नसीब में नहीं। भगवान को भी ऐसे बूढ़े–बीमारों पर दया नहीं आती। सँभाल क्यों नहीं लेता।"

फिर बीवी के गुद्दाज जिस्म को बाँहों में भरकर वह घण्टों नींद को वापस बुलाने की कोशिश करता रहता। पर इस लिपटने का फ़ायदा क्या? जब मालूम हो कि आस–पास सब कोई जाग रहे हैं तो सब कुछ बेमज़ा हो जाता है। कोई–न–कोई आवाज़ तो आख़िर निकल ही जाती है। और नहीं तो हिलती बाँहों की वज़ह से चूड़ियों की खनक को बाहर जाने से तो कोई नहीं रोक सकता। उसने किसी को कभी बताया तो नहीं लेकिन उसे शिकायत है कि आज तक उसने अपनी ही बीवी का नंगा शरीर नहीं देखा। माँ भी तो उनके कमरे में सोती है।

मुर्दे को अब तक नहलाया जा चुका है। औरतें पूरे ज़ोर–शोर के साथ आख़िरी स्यापा कर रही हैं। बेचारे बूढ़े भी अब तक सारे क़िस्से–कहानियाँ ख़त्म कर चुके हैं। अब हरेक के चेहरे पर यह दहशत थी, हमारी बारी भी आयी की आयी।

सावित्री बार–बार धाड़े खाकर पिता के ऊपर गिर रही है। बड़ी बूढ़ियाँ उसे प्रशंसायुक्त निगाहों से देख रही हैं। बेटी हो तो ऐसी। बाप की मौत का इतना सदमा।

शाम तक लोग लाश को फूँककर वापस लौट आये।

बड़ी बहू गर्भवती है। सुबह से कुछ न खा सकी थी। ऊपर से दिन–भर

का रोना–पीटना। पति ने उसे एक कोने में बिठाया। खुद चाय बनाकर गिलास उसके हाथों में दिया। पत्नी ने बहुत रोका, बहुत मना किया लेकिन पति के बहुत ज़ोर देने पर उसने गरम–गरम चाय चुसकनी शुरू कर दी। तभी सावित्री अन्दर आ गयी। भाभी को चाय पीते देखकर उसके सर से पाँव तक आग लग गयी। उसने ऊँची आवाज़ में बोलना शुरू कर दिया।

"हाय रे लोगों। देखो। इस डायन को देखो। मेरे बाऊजी की अभी चिता ठण्डी नहीं हुई और इसे खाने–पीने की पड़ी है।"

अब वह माथा पीट रही है। दूसरी बहिनें भी अन्दर कमरे में आ गयी हैं। सब मिलकर बड़ी भाभी को कोस रही हैं, ताने कस रही हैं। वह शिकायत–भरी आँखों से पति की तरफ़ देख रही है। सावित्री ने तड़ाक से बड़े भाई से कहा,

"तू तो रोक सकता था। इसका अपना बाप मरे तो पता चले कैसे चाय पी जाती है!"

इतनी कड़ी बात सुनकर बड़ी का चेहरा तमतमा गया। उसने देखा सब–के–सब ख़िलाफ़ हैं। ख़ून का घूँट पीकर चुप रह गयी। पति भी अपनी इज़्ज़त और मरे हुए बाप की ख़ातिर उसके ख़िलाफ़ हो गया है।

"इस कुत्ते की बच्ची को मैं रोकता रहा। चक्कर आ रहे हैं तो मरी तो नहीं जाती थी।"

वह उसे मारने के लिए लपकता है। सबने बड़ी मुश्किल से बीच–बचाव किया। अब घर के ख़र्चे की बात चल पड़ी है। सावित्री बड़े से कहती है,

"भापा तुम सब–कुछ देख ही रहे हो। बाऊजी के मरने पर कितना ख़र्च हो गया है। इतने रिश्तेदार आये हैं। दूरवाले तो अभी पहुँचने हैं। दान देना है। किरया–करम पर कितना ख़र्च होगा। हरिद्वार भी जाना पड़ेगा। पूरा नहीं तो आधा ख़र्चा देना तो फ़रज़ बनता है।"

फ़रज़ की बात बड़े को बहुत चुभी है। सावित्री उसके हाथों में जमी–पली है, जवान हुई है। आज उसे फ़र्ज़ का सबक पढ़ा रही है। लेकिन इस वक़्त कोई बड़ा जवाब देना उसने मुनासिब नहीं समझा। बात और वक़्त की नज़ाकत का उसे पता है। एहसास है।

"फ़र्ज़ की बात तो ठीक है। मेरा हाल तुम सबको पता है। दो लड़कों की पढ़ाई का ख़र्चा है, क़लर्की में बनता ही क्या है? रब्ब दी सौंह, हालत ठीक होती तो सैकड़ों ख़र्च कर देता। लेकिन..."

सावित्री बात के बीच में बोल पड़ी,

"हाल तो सबके ख़राब हैं। बाप रोज़–रोज़ तो नहीं मरता!"

अब सबने बड़े पर हमला बोल दिया है। उसे आड़े हाथों लिया जा रहा है।

सावित्री की माँ बिल्कुल चुप है। पति की सौ रुपये की नौकरी में दो लड़कों को पढ़ाया। तीन लड़कियों को पाला–पोसा, शादियाँ तक कीं। आज पति का मुर्दा उठते ही उसके ख़र्चे को लेकर घर में फ़साद हो रहा है। अब, इस क्षण पहली बार उसे पति के मरने का दुःख लगता है और बेआवाज़ रोना शुरू कर देती है। छोटा सोच रहा है कि बाप दो साल तक चारपाई से लगा रहा। बड़े ने एक पैसे की भी मदद न की। अब माँ का बोझ भी उस पर पड़ेगा। घर कैसे चलेगा।

बड़ा सोच रहा है अब माँ जाने कब तक जियेगी? उसके लिए तो अब कुछ देना ही पड़ेगा। पिता की मौत पर जो ख़र्च आयेगा उसका आधा तो देना ही है। रात हो गयी है। माँ ने उठते हुये कहा,

"चलो जी। अब सब सो जाओ। बाक़ी बातें कल होती रहेंगी। जो भगवान को मंजूर है भुगत लूँगी।"

बेटे–बेटियों की ऐसी बातें सुनकर वह खाविन्द के मरने का ग़म भूल गयी है। अब वह अपने आने वाले दिनों की सोच रही है। जब वह बिल्कुल मोहताज होगी।

सावित्री का पति दोपहर से ही एक कोने में अलग बैठा हुआ है। माँ ने बेटी से कहा,

"बेटी, इसकी चारपाई डाल दे। बेचारा सवेरे से कैसे उकड़ूँ बैठा हुआ है।"

घर छोटा है। पड़ोसियों के बाहर वाले कमरे में सावित्री ने पति का बिस्तर लगा दिया। वह लेट गया तो सावित्री थोड़ी देर के लिए उसके पास बैठ गयी। पति बोला,

"अरे तू भी थोड़ा आराम कर ले। पहले से बीमार है, और तकलीफ़ बढ़ गयी तो क्या फ़ायदा", यह बात उसने सावित्री की पीठ पर अपना हाथ फेरते हुए पूरी की।

इस प्यार–भरी हमदर्दी से उसका जी भर आया। वह चारपाई से चाहने पर भी उठ न सकी। पति ने उसके माथे को देखते हुए फिर कहा,

"देख, पीट–पीटकर तू ने अपना माथा नीला कर लिया है।"

"आप ख़ुद समझदार हो। रिश्तेदारों में कितनी बदनामी होती है अगर दु:ख परगट न किया जाये। ऐसे मौक़ों पर अपनी इज़्ज़त का ख़याल रखना पड़ता है। नहीं तो जितने मुँह उतनी बातें। आपने देखा नहीं बड़ी भाभी की कितनी बुराई–बेइज़्ज़ती हुई।"

"यह तो ठीक है। पर जान है तो जहान। इतना भी रोना–पीटना क्या हुआ", यह बात पति ने उसके होंठों को छूते हुए कही।

"आपने तो माथे पर पड़े निशान ही देखे हैं", सावित्री ने हल्की कराहट के साथ बताया, "मेरी टाँगों पर तो जैसे गरम–गरम अंगारे रखे हुए हैं", फिर उसने साड़ी ऊपर खिसकाकर दिखाया, "देखो कितने बड़े–बड़े नील, निशान पड़ गये हैं।"

दोहत्थड़ पीटने की वज़ह से रानों, टाँगों के ऊपरवाले हिस्से पर चकत्ते उभर आये हैं, नीले–नीले नील। दर्द की टीसें पड़ रही हैं, उठ रही हैं।

टाँगों की यह हालत देखकर पति घबरा गया है,

"मैं कहता हूँ तू पागल है। इत्ते बड़े निशान। लाओ थोड़ा दबा दूँ, मलने से दर्द कुछ तो कम होगा। नहीं तो मरेगी।"

उसके मना क़रने पर भी वह हल्के हाथों से उसकी रानें दबाना शुरू कर देता है। दिन–भर की थकी–माँदी सावित्री को सुख मिल रहा है। दर्द कम हो रहा है।

"अच्छा अब छोड़ो। जाने दो। दर्द कुछ कम हो गया है," यह बात सावित्री ने उसकी आँखों में देखते हुए कही।

"क्यों फालतू बोलती है। बीमार पड़ने की सलाह है क्या," यह बात पति ने उसकी टाँगों को हाथों से सहलाते हुए कही।

सावित्री ने महसूस किया दर्द उसकी टाँगों में फिर से उतर आया है। लेकिन पहले वाले दर्द से अलग। मीठा–मीठा।

उसने पति के हाथों को परे करना चाहा। लेकिन बरजते हुए हाथ अशक्त हो गये हैं। मीठी पीड़ा की लहरों पर लहरें उठ रही हैं। वह पति के हाथ पकड़कर अपनी दुखती हुई छाती पर रख देती है।

पति ने दूसरा हाथ बढ़ाकर बिजली बुझा दी है। बाहर अँधेरा बहुत गहरा है, अन्दर भी अँधेरा बहुत गहरा है जैसा कि मातमी अँधेरा होता है।

मरा हुआ पक्षी

उसके कान बहुत बड़े–बड़े हैं। कानों का निचला भाग गर्दन को छू जाता है, ऊपरवाले भाग में कई सारे सफ़ेद हो रहे लम्बे बाल उगे हुए हैं जो नीचे की ओर लटकते रहते हैं और जिन्हें वे काटते नहीं। कानों का निचला भाग सीधा तथा चपटा है और ऊपरवाला हिस्सा अन्दर की ओर मुड़ा हुआ। यदि उन्हें एक बार देख लिया जाये तो चेहरा चाहे भूल जाये, लेकिन उसके कान सदा याद रहते हैं। किसी गुफा के प्रवेश–द्वार की तरह रहस्यपूर्ण और अन्धकार के आरम्भ। उनके कानों की लम्बाई लगभग छह इंच तो अवश्य होगी।

यह केस जो उनकी अदालत में चल रहा है, इसकी चर्चा समाचारपत्रों में भी ख़ूब हो रही है। बात ही कुछ ऐसी है। अपराधी की आयु दस वर्ष से कम है और उस पर आरोप हत्या का है। बच्चे ने दिन–दहाड़े हत्या कर दी। आँखों–देखे गवाह हैं। केस में कहीं भी, किसी प्रकार की भी कमी नहीं। बस, उन्हें तो सब कुछ सुनने के बाद निर्णय ही लेना है, और वह उनके लिए कुछ भी कठिन नहीं।

आजकल वे रात को चारपाई पर लेटते हैं तो उन्हें नींद नहीं आती। वह बालक उनकी शक्ति को इतने दिनों से कैसे नकार रहा है। उनका सामना कर रहा है, इतना अभेद्य कौन सा कवच उसने पहन रखा है जिसे वे तोड़ नहीं पा रहे हैं।

पत्नी पास ही पलंग पर लेटी हुई है। जब इनका मन शान्त नहीं होता तो उसके साथ जुड़वाँ पलंग पर नहीं सोते। सोयी हुई पत्नी के चेहरे पर वही चिर–परिचित सदाबहार मुस्कान है, जो उनको अच्छी नहीं लगती। मौसम अच्छा है तो मुस्कान, खिड़की खुल जाये तो मुस्कान, वे देर से आयें या जल्दी आयें तो मुस्कान। अकारण। सब कुछ अकारण। और उन्हें यह अच्छा नहीं लगता। उनके जीवन का, कामकाज का निर्देश

तो समय–यन्त्र करता है। अतः कुछ भी अकारण हो तो बुरा लगना स्वाभाविक है।

क्या उनकी शक्तियाँ नष्ट होती जा रही हैं? उन्होंने आँखें बन्द कर लीं। अपनी परीक्षा लेना आवश्यक लगा। कुछ क्षणों के बाद उनका सारा ध्यान पत्नी पर केन्द्रित हो गया। ध्यान आरम्भ करने से पूर्व ही उन्होंने मन में इच्छा कर ली थी कि सोयी हुई पत्नी उठ बैठे और उन्हें पानी पिलाये।

वे महसूस कर सकते हैं कि उनके कान खड़े हो रहे हैं तथा पीछे की ओर तने जा रहे हैं, किसी शिकारी कुत्ते के कानों की तरह जो अपने आखेट का पीछा कर रहा हो। कानों पर उगे लम्बे–लम्बे जो थोड़े–से बाल हैं। वे रेडियो के एरियल की तरह काँप रहे हैं। वे सो रही पत्नी के मन की तरंगों को प्राप्त कर रहे तथा अपनी इच्छाओं को उसकी आत्मा में भेज रहे हैं। धीरे–धीरे उनका ध्यान अपने शरीर से, पत्नी के शरीर से बिल्कुल हट गया। अब वे शरीर विहीन हो गये हैं। कानों पर उगे बालों के एरियल और ज़ोर–से हिल रहे हैं। अब उनके मन–केन्द्र से प्रेषित हो रही इच्छा–तरंगों को पत्नी का शरीर ग्रहण कर रहा है। उनका कायाहीन शरीर अपनी चारपाई से उठा और पत्नी के बिस्तर के पास जा ठहरा। उनकी आत्मा के सम्प्रेषण–केन्द्र से उठ रही माँग को अब पत्नी की आत्मा ने प्राप्त कर लिया है।

वह एक झटके–से उठ बैठती है। पास छोटे–से स्टूल पर रखी सुराही से पानी का गिलास भरती है और उसकी चारपाई के पास आ ठहरती है। पर वे तो आँखें बन्द किये सो रहे हैं। यह क्योंकर सम्भव हो सकता है? अभी थोड़ी देर पहले तो इन्होंने पानी माँगा था। वह उनका कन्धा छूकर पानी पीने को कहती है। वे कहते हैं कि उन्होंने पानी नहीं माँगा। वे नहीं चाहते कि पत्नी को पता चल जाये कि वे अपनी विद्या का प्रयोग उस पर करते रहते हैं। वह चारपाई के पास ही पानी रख देती है और फिर जाकर सो रहती है।

इस प्रयोग के बाद वे निश्चिन्त हो जाते हैं। वे अब भी योग तथा ध्यान की इन रहस्यपूर्ण क्रियाओं द्वारा किसी की आत्मा में प्रवेश पा सकते हैं। इतने वर्षों की कठोर साधना। इस विषय पर इतनी अधिक देशी–विदेशी पुस्तकों का अध्ययन, योगी गुरुओं की तलाश में बनारस तथा हिमालय की तराई में स्थित विभिन्न आश्रमों में भटककर। तभी तो वे इस क्षेत्र में कुछ शक्तियाँ प्राप्त कर सके हैं। इसी के बल

पर तो वे सदा ठीक निर्णय करते हैं। तभी तो जब ज्ञानप्रकाश मेहता की अदालत में जब भी कोई केस लगता है तो विपक्ष के वकील बड़े बेदिल होकर केस की पैरवी करते हैं। वे जैसे भी क़ानूनी दाँव–पेंच चलायें, जज मेहता को बहकाने के लिए जो फन्दे डालें, उनको सत्य का पता जाने किस विधि से सदैव चल जाता है। और कोई भी अपराधी, चाहे उसके विरुद्ध सुबूत कितने भी कमज़ोर हों, उनसे बच नहीं सकता।

जब पहले दिन उस बालक अपराधी को उनकी अदालत में लाया गया तो उन–जैसा सुलझी तथा शान्त प्रकृति का आदमी भी चौंक गया। इतनी छोटी आयु में कोई किसी का ख़ून क्यों कर सकता है? घटना बिल्कुल छोटी और सीधी–सादी थी। बच्चे का पिता युद्ध में मारा गया था। थोड़ी–सी पेंशन पर माँ–बेटे का निर्वाह चल रहा था। वैसे भी गाँव में लस्सी–पानी का ख़र्चा नहीं आता है। फिर गाँव का सरपंच भी यदा–कदा इस परिवार की सहायता करता रहता था। बच्चा किसी बात पर उससे नाराज़ हो गया और गाँव की आम बोलचाल की भाषा में एक दिन सरपंच को उसने गाली दे दी। इस बात पर सरपंच ने उसे थप्पड़ मारा। और कुछ दिनों के बाद जब शाम को सरपंच अपने खेतों से लौट रहा था, तो बच्चा गली के मोड़ पर एक बर्छा लिये उसकी प्रतीक्षा कर रहा था। भूखे बैल आधे भागते हुए से अपने घर की ओर आ रहे थे। सरपंच उनके पीछे भागता आ रहा था। बैल मुड़े, सरपंच ने भी गली का मोड़ काटा। वह उस बालक को देख न पाया। बालक ने बर्छा उसके पेट के आगे कर दिया। उस भाग रहे व्यक्ति की अपनी ही गति की शक्ति उसकी मृत्यु का कारण बन गयी। फिर बालक अपनी आयु के हिसाब से काफ़ी तगड़ा था। इससे पूर्व कि डॉक्टरी सहायता पहुँच पाती, उस आदमी की मृत्यु हो गयी। बस, इतना ही केस था। मौक़े के कई गवाह थे। सबने एक–जैसे बयान दिये, पर उनकी दृष्टि तो पारदर्शी है। वे कैसे मानें कि केस मात्र इतना ही है, जितना सामने आ रहा है। प्रेम, घृणा, हिंसा, प्रतिहिंसा, बैर, विरोध आदि इन आदिम भावों का रोपण तथा प्रस्फुटन एक बालक के मन में क्योंकर हो सकता है? इस इलाक़े में हत्या आदि की घटनायें प्रायः होती रहती हैं। ये लोग अदालत में गाँव का झगड़ा आने ही नहीं देना चाहते। और यदि केस चल भी पड़े तो पंचायत में पहले से ही फ़ैसला कर दिया जाता है कि अदालत में क्या बयान दिये जायेंगे।

फिर यह केस ऐसा है कि सरकारी वकील तथा पुलिस आदि भी इसे लम्बा नहीं खींचना चाहते। सब चाहते हैं कि जो निर्णय होना है, जल्दी हो जाये ताकि उस बालक की निरीह दृष्टि का सामना रोज़–रोज़ न करना पड़े। बच्चे की माँ भी रोज़–रोज़ अदालत में आती है। लम्बी–तड़ंगी सदा सिर झुकाये बैठी रहती है। उसके प्रति अपने आप ही मन में दया जाग जाती है। पहले पति को युद्ध में खो चुकी है और अब बेटा भी।

वह आरम्भ में समझ बैठे थे कि बहुत जल्दी ही उनको सत्य का पता चल जायेगा। ज्यों ही कटघरे में कोई अपराधी आ ठहरता है तो उसी क्षण से वे अपना जज का जीवन छोड़कर उस अपराधी का जीवन जीना आरम्भ कर देते हैं। अपराधी कभी भी उनकी ओर आँख भरकर देखने का साहस नहीं कर पाता। शायद उसको भी महसूस होता हो कि कोई जासूस उसके शरीर तथा मन में प्रवेश कर गया है। पुलिस की रिपोर्ट के माध्यम से वे उस अपराधी द्वारा किये गये अपराध को एक–एक पग करके जीते हैं। उस समय वे वकीलों की बहस नहीं सुन रहे होते, अपितु एक हत्यारे, डाकू, बलात्कार करने वाले अथवा चोर का जीवन जी रहे होते हैं। इतने सारे लोगों की उपस्थिति भी इस मानसिक क्रिया–प्रक्रिया में बाधा नहीं बन पाती। इतने वर्षों की साधना ने उनके शरीर को, उनकी आत्मा के संचालन के वश में इस तरह से कर दिया है कि इस प्रकार की बाधाओं को वे बहुत शीघ्र लाँघ जाते हैं।

जब वे किसी की आत्मा में प्रवेश कर रहे होते हैं तो उनके कानों का ऊपरवाला भाग पीछे की ओर कस जाता है। उनके शरीर का कोई अंग हिलता तक नहीं। अपने गंजे सिर को वे बार–बार रूमाल से पोंछते रहते हैं, जिस पर गर्मी अथवा सर्दी किसी भी मौसम में बहुत अधिक पसीना आता है।

उन्हें सत्य जानने की कोई जल्दी नहीं रहती। वकील लोग जिस दिन जितनी घटना पर वाद–विवाद करते हैं, वे मात्र उतने ही भाग को अपने में व्यतीत करते हैं। उनकी मानसिक स्थिति उस अहेरी की–सी होती है जो जानता है, आखेट उसकी मार की परिधि में आ चुका है, लेकिन उसकी उपस्थिति का उसे आभास नहीं। इसलिए जब चाहे उसे मारा जा सकता है, जल्दी करने की कोई ऐसी ज़रूरत नहीं।

पर अब ये सारी क्रियायें असफल होती जा रही हैं। अपनी विद्या पर से उनका विश्वास थोड़ा–सा डाँवाँडोल हो रहा है। कितने दिनों से बालक को अदालत में लाया जा रहा है। कितने दिनों से वे आत्मा में प्रवेश करने की चेष्टा कर रहे हैं, और कितने दिनों से वे इसमें असफल हो रहे हैं। उनमें और उस बालक की आत्मा में कितना कठिन द्वन्द्वयुद्ध चल रहा है। एक ओर उनका वर्षों का अभ्यास है, इस विद्या को प्राप्त करने का इतना लम्बा कठिन इतिहास है और दूसरी ओर उस छोटे–से लड़के की आत्मा है जो भय, घृणा, मोह–माया, बैर–विरोध आदि के भावों से मुक्त है, इसलिए अभेद्य बनी हुई है। वे जानते हैं, इस प्रकार की सांसारिक भावनायें ही आत्मा के कवच का कमज़ोर स्थल होती हैं और इन्हीं कमज़ोर स्थलों को शीघ्र तोड़कर अन्दर जाने के लिए प्रवेश–द्वार बनाया जा सकता है। उस बालक की आत्मा में अभी तक कोई दरार नहीं पड़ी, इसलिए उसे भेदना कठिन हो रहा है। उनके अपने शरीर की सारी क्रियाएँ उस बालक के सामने आते ही निष्क्रिय हो जाती हैं, बीच में ही थम जाती हैं। कान पीछे की ओर नहीं खिंचते, उनके ऊपर उगे हुए बालों के एरियल खड़े नहीं होते और न ही आजकल उनके सिर पर पसीना आता है। एक के बाद एक गवाह आता है, एक ही बयान दुहराता है, चला जाता है। वे जानते हैं, प्रत्येक व्यक्ति झूठ बोल रहा है। उन्हें पता है कि पुलिस इंस्पेक्टर जो इस केस का इंचार्ज है, वो भी उसी जाति का है, इसलिए वह भी किसी कारणवश मामले की तह तक नहीं पहुँचना चाहता है। फिर केस इतना स्पष्ट है कि इसमें कोई तह अथवा पर्त क्योंकर हो सकती है।

बहुत छोटी आयु में ही उन्होंने यह पद प्राप्त कर लिया है। एक समय ऐसा आया था कि प्रतिदिन समाचारपत्रों में उनका नाम आया करता था। केस ही ऐसा था। इस प्रान्त के एक बहुत ही शक्तिशाली मन्त्री के निकटतम सम्बन्धी पर हत्या और डकैती का मुक़दमा उनकी अदालत में चल रहा था। पहले उन्हें बड़े–बड़े लालच दिये गये। वे अडिग रहे तो टेलीफ़ोन पर धमकियाँ दी गयीं। लेकिन वे डरे नहीं, ऐसे अवसर की तो वे कब से प्रतीक्षा कर रहे थे। शाम को उनकी कोठी के आसपास बड़े–बड़े पग्गड़ बाँधे भयानक–से दिखने वाले व्यक्ति घूमते–फिरते नज़र आते थे। धमकी की बातें सुनकर समचारपत्र वालों को पता चला तो ख़ूब

शोर मचा। केन्द्र में से एक मन्त्री ने शायद मुख्यमन्त्री को फ़ोन भी किया। इसके बाद मन्त्री और उसके सम्बन्धी इनकी राह से हट गये थे। सुबूत तथा गवाह पक्के थे, इसलिए उस आदमी को मृत्युदण्ड देने में इन्हें कोई हिचक न हुई। बात इतनी बढ़ गयी थी कि मन्त्री के उन रिश्तेदारों ने ऊँची अदालत में अपील तक न की। अतः कई अन्य लोगों से जूनियर होते हुए भी वे सेशन जज बन गये, क्योंकि उनके चारित्रिक साहस की धाक सब ओर बैठ गयी थी। अनुभव तथा अवसर की आग में से गुज़रकर उनकी न्याय–बुद्धि अब कुन्दन बन गयी थी।

इसलिए आजकल वे इतने परेशान रहते हैं। क्या यह छोटा–सा लड़का उनके सारे–के–सारे योजनाबद्ध भविष्य को बर्बाद कर डालेगा? उनकी आकांक्षा है कि एक दिन सुप्रीम कोर्ट के जज बनें, बड़े–बड़े न्यायविदों में उनकी गणना हो। वे जानते हैं कि बाह्य रूप से यूँ साधारण–से दिखने वाले केस कई बार भविष्य के निर्माण में बहुत बड़ी बाधा बन जाया करते हैं। अच्छा, यह तो एक प्रकार से सिद्ध हो गया है कि बालक ने हत्या की है। फिर वे उसको कितनी सीमा तक कठोर सज़ा दे सकते हैं? कितनी लम्बी सज़ा न्याय की दृष्टि से उचित रहेगी? लड़के की कम आयु उसे सब ओर से सहानुभूति दिला रही है।

आजकल वे शाम को क्लब नहीं जाते, पत्नी अकेली ही कार में वहाँ जाती है। शाम को टेनिस खेलना उसके लिए बहुत आवश्यक है। वह एक बहुत बड़े सैनिक अधिकारी की लड़की है, कान्वेंट में पढ़ी है। बड़े सहज भाव से अंग्रेज़ी में बातचीत करती है और हिन्दी यदि बोले भी, तो वह साहबोंवाली ही होती है। वे स्वयं एक बहुत ही निर्धन परिवार में जन्मे हैं और उस ग़रीबी की स्थिति से आगे बढ़े हैं। पिता मास्टर हैं, लड़का जन्म से ही मेधावी है, वह पिता की मास्टर–दृष्टि पहचान गये। पिता ख़ूब अनुशासनप्रिय हैं। लड़कपन से ही पुत्र की पढ़ाई पर बहुत बल दिया। प्रत्येक परीक्षा में लड़के ने स्कॉलरशिप पाया। खेलकूद अथवा किसी और मनोरंजन की ओर लड़के का ध्यान कभी न गया। कॉलिज में पहुँचते उसके सिर के बाल झड़ने आरम्भ हो चुके थे, परन्तु लड़के के विपरीत स्थितियों से जूझने से फुर्सत ही न थी कि अपने शरीर अथवा रूप–रंग के बारे में कुछ सोचता। उधार वसूल करने वालों की लम्बी लाइन तथा

माँ–बाप का भयाक्रान्त चेहरा सदा उसकी आँखों में बसा रहता। लड़का जानता है देश स्वतन्त्र है, वह किसी प्रतियोगी परीक्षा में सफल हो गया तो पिता की ग़रीबी रास्ते की रुकावट न बनेगी। फिर सारे भारत की प्रतियोगी परीक्षा में वह प्रथम आया। जीवन में सफल होने के सारे द्वार जैसे माया–स्वर्ग से उसके लिए खुल गये। तब से आज तक उसे कभी मुड़कर न देखना पड़ा।

अब चाहे वे इतनी बड़ी पदवी पर हैं, फिर भी कोई हीन भाव है कि उनके मन की पर्तों में छुपा रहता है। वे बड़ी सलीक़े की अंग्रेज़ी बोलते हैं। साहित्य का भी उनका गहरा अध्ययन है, फिर भी जानते हैं कि क्लब में जब आँखें आधी ऊपर उठाकर, थोड़ी–सी वक्र ग्रीवा की मुद्रा धारण करके पत्नी अंग्रेज़ी का छोटा–सा वाक्य भी बोलती है तो सुनने वाले कैसे प्रभावित और आकर्षित हो जाते हैं। उन्हें पता है, बोलते समय वह जान–बूझकर इस प्रकार अंग–संचालन नहीं करती। एक सम्पन्न परिवार में जन्म लेने पर अधिकारपूर्वक जीने की यह भावना अपने आप स्वभाव में आ जाया करती है।

कभी–कभी वे सोचते हैं कि उन्होंने उससे विवाह ही इसलिए किया गया था कि वह बड़ी सलीक़ेदार अंग्रेज़ी बोलती है। पहली ही मुलाक़ात में उसके उच्चारण और बातचीत के साहबी ढंग से वे दब गये थे। अपने उस दीन भाव को नीचा दिखाने के लिए उन्होंने उससे विवाह किया। अब वे सम्पन्न हैं, शायद फिर भी अपने गत जीवन में वे पत्नी के माध्यम से प्रतिकार लेना चाहते हैं। पत्नी यहाँ की रेडक्रॉस सोसायटी की सेक्रेटरी है। कमिश्नर से उसको प्रायः मिलते–जुलते रहना पड़ता है। वह ग़रीबों के प्रति सदा चिन्ता प्रकट करती है और वे जानते हैं कि एक साधारण हिन्दुस्तानी की तरह निर्धनता के प्रति उसके विचार अब भी रोमांटिक हैं। उन्हें इस सत्य का पता है कि पत्नी की इस प्रकार की विचारधारा तथा रहन–सहन ठीक है, क्योंकि उसका पालन–पोषण इस सबके लिए ज़िम्मेदार है। वे बड़ा समझौतापूर्ण जीवन जी रहे हैं और शहर के सफल जोड़ों में उन दोनों की गणना होती है।

आजकल लॉन में कुर्सी डालकर बैठे रहते हैं और सोचते हैं। ध्यान कहीं भी केन्द्रित नहीं हो पाता, इसलिए उनकी अपने प्रति निर्ममता बढ़ती

जा रही है, क्योंकि जीवन के संघर्ष में उन्होंने कभी भी पराजित होना नहीं सीखा। वे जानते हैं, सत्य तक वे आज नहीं तो कल पहुँचकर रहेंगे।

वे बैठे हैं, पत्नी टेनिस का रैकेट लिये बाहर निकलती है। खेल के कपड़ों में उसकी पुष्ट टाँगें तथा सुडौल शरीर बड़ा प्यारा लगता है। पत्नी गर्व से बताया करती है कि शादी के समय उसका वज़न एक सौ दस पौंड था और आज बीस वर्ष बाद भी उतना ही है। वह कई वर्ष से महिला खिलाड़ियों में प्रान्त भर में प्रथम आ रही है। वह और उसके पार्टनर ब्रिगेडियर सिन्हा इस वर्ष अखिल भारतीय टेनिस प्रतियोगिता के मिक्स्ड–डबल्स में फ़ाइनल में पहुँच गये थे। अब दोनों को फ़ाइनल जीतने का पूर्ण विश्वास है। वह जानती है, पति किसी केस में उलझे हों तो शाम को कहीं नहीं आते–जाते। शाम को लॉन में मन की अदालत लगाये बैठे रहते हैं। फिर भी वह उनसे चलने के लिए पूछ ही लेती है। उनके 'न' कहने पर कार में बैठ जाती है, गेट तक पहुँचते–पहुँचते कार को तीसरे गियर में डाल देती है, हालाँकि उनको सदा से गियर बदलने में कठिनाई आती रहती है। पत्नी प्रत्येक काम सहज भाव से करती है और उन्हें प्रयास करना पड़ता है। वे जानते हैं, इसका कारण भिन्न सामाजिक वर्गों में जन्म लेना है। उन्हें दुःख होता है कि पत्नी को इतनी तेज़ कार चलाते देखकर वे सदा भयानक कल्पनाओं का आनन्द उठाते हैं। कोई दुर्घटना हो जाये, वह मर जाये तो वह कितने दुखी होंगे? क्लब में कैसे काला सूट पहनकर जाया करेंगे? समाचारपत्र में छपने के लिए मृत्यु–सूचना के लिए उन्होंने वाक्यों तक का चुनाव कर रखा है। और वे इस प्रकार के विचारों पर सदा लज्जित होते हैं। पत्नी इतनी पापुलर है तो क्या हुआ? आख़िर इससे उनका अपना मान ही तो बढ़ता है।

फिर आजकल उस बच्चे और उसकी माँ का चेहरा सदा उनके आगे घूमता रहता है। माँ के चेहरे पर सदा डर बैठा रहता है। बच्चा है–कभी माँ की ओर देखता तक नहीं। शायद उसका छोटा–सा मन भी इस बात को जानता है कि माँ की ओर देखने से निर्बलता आ जायेगी। माँ प्रतिदिन अदालत लगने से पहले बाहर आ बैठती है। बच्चे के लिए घर से खाना बना लाती है। वह बड़ी जल्दी–जल्दी सिर झुकाये रोटी खाता है और बड़े सधे क़दमों से अन्दर आ जाया करता है।

कितने दिन बीत गये हैं। कितनी बार उन्होंने बच्चे के मन पर आक्रमण किया है, परन्तु अभी तक वे उसकी आत्मा के दुर्ग को भेद नहीं पाये।

आज जब वे कोर्ट गये तो पता चला कि बच्चा अचानक रात को बहुत ज़ोर से बीमार पड़ गया, सिविल हस्पताल में दाख़िल है। डॉक्टरों ने निमोनिया बताया है। हालत गम्भीर है। उनका मन किसी काम में न लगा, दिन को खाना भी कम खाया। कोर्ट से जल्दी लौट आये हैं और कब से गुमसुम बैठे हैं। उनके अन्दर वास करने वाली माया–शक्तियों ने उन्हें बता दिया कि वह बच्चा जीवित न रह सकेगा, इतनी बड़ी घटना को उसका मन सह न पायेगा। हत्या करके तो बड़े–बड़े अपराधी अन्दर से खण्ड–खण्ड हो जाते हैं, फाँसी मिलने से पूर्व ही वे कितनी बार मर चुके होते हैं, फिर यह कोमल मन...

उन्हें शर्म आ जाती है कि इस समय भी वे उस बच्चे के जीवन के लिए चिन्तित नहीं, अपितु वे सोच रहे हैं कि बालक मर गया तो वे सत्य का उद्घाटन न कर पायेंगे। अचानक उन्होंने हस्पताल जाने का निर्णय कर लिया।

बच्चे के कमरे के बाहर बन्दूक़धारी सिपाही बैठा है। इन्हें यहाँ देखकर हक्का–बक्का रह जाता है। ये उसके सलाम के जवाब में सिर हिलाते हैं और कमरे में प्रवेश कर जाते हैं।

लड़का आँखें बन्द करके लेटा हुआ है। थोड़े समय में ही वह बहुत कमज़ोर हो गया है। माँ पास बैठी है। उसकी पीठ दरवाज़े की ओर है, इसलिए इनको देख नहीं पा रही है। लड़के को हो सकता है, उनके आने का आभास हो गया हो। वह आँखें खोलता है, माँ उसके माथे पर हाथ रख देती है।

माँ ने जैसे ही उसके माथे पर हाथ रखा, लड़के को कुछ हो गया ; उसका चेहरा, एकदम विकृत हो जाता है, उसकी छोटी–छोटी आँखें जैसे तनकर फटने को आ रही हैं, नथुने फड़क रहे हैं और शरीर की शिरा–शिरा यूँ अकड़ गयी है जैसे अभी सब कुछ टूट जायेगा। उसकी आँखों की पुतलियाँ बड़ी बेचैनी से दायें–बायें भटक रही हैं और उनमें

विष–भरा सागर ठाठें मार रहा है। लड़का माथे पर से माँ का हाथ परे झटक देता है।

माँ का गोरा रंग स्याह हो गया है। अपने ही लड़के के सामने उसने सिर झुका लिया है। आँखें उठाकर उसको देख नहीं पा रही, दुलारना–पुचकारना तो दूर की बात है। कमरे में लम्बे तार से लटक रहे उस नंगे बल्ब के प्रकाश में वह चारपाई के पास घुटने टेककर बैठी कोई प्रेतकाया लग रही है। उसके कन्धे नीचे झुक आये हैं और निचले होंठ को वह दाँतों से काट लेती है।

उन दोनों चेहरों की भाव–भंगिमा उनके मन के डार्करूम में उतर गयी है। वे जान गये हैं कि इन चेहरों की इस क्षण–खण्ड की ये मुद्राएँ अब आजीवन उनके मन की वासिनी बन गयी हैं। वे दबे पाँव उस कमरे से बाहर आ गये। अब लड़के अथवा उसकी माँ से बातचीत करने की कोई आवश्यकता नहीं क्योंकि सत्य क्या हो सकता है, इसका आभास तो उस क्षण विकृत हो गये माँ–बेटे के चेहरों से हो गया है। यह वही सत्य है जिसको जानने के लिए वे इतने दिनों से लड़के की आत्मा से द्वन्द्वरत थे। कितना निकट था, कितना अवश्यंभावी था, फिर भी जाने क्यों इतने दिनों तक वे इसका उद्घाटन न कर पाये थे। क्या पता, उनकी आत्मा इसे जानना ही न चाह रही हो?

सिविल सर्जन को उनके यहाँ आने की ख़बर मिल गयी है। वह इनके पास आ जाता है। इनको बताता है कि लड़के को डबल निमोनिया हो गया है। उसके बच सकने की आशा कम है। शायद ही आज की रात काट सके। वे उसे बताने की आवश्यकता नहीं समझते कि वे पहले से ही जानते हैं कि लड़के की आज मृत्यु हो जायेगी।

घर जाते हैं। बाहर लॉन में पड़ी कुर्सी पर बैठ जाते हैं। जानते हैं, पत्नी आज बहुत देर से वापस आयेगी। क्लब में कोई विशेष समारोह है। नौकर आकर उनको एक पत्र देता है, शाम चार बजे की डाक से आया है।

पत्र उनकी बेटी सुनीता का है। शिमला से आया है। वहाँ के एक कान्वेंट के होस्टल में रहती है। इस वर्ष सीनियर कैम्ब्रिज की परीक्षा देगी। पत्र बिना पढ़े ही उनकी आँखें भर आयीं। चश्मे के शीशे धुँधला गये। वे इसे उतारकर साफ़ करते हैं। शायद इतने दिनों के मानसिक तनाव ने उनको शिथिला दिया है।

वह ख़त खोलते हैं। यह देखकर ख़ुश होते हैं कि पत्र हिन्दी में लिखा है। सुनीता की माँ देख ले तो कितना बुरा माने। इतना ख़र्चा करके अंग्रेज़ी स्कूल में पढ़ा रहे हैं और वह फिर भी हिन्दी में ख़त लिखती है। उसने लिखा है कि वह इस वर्ष की छुट्टियों में घर नहीं आना चाहती। क्लासों की लड़कियाँ दक्षिण भारत की यात्रा पर जा रही हैं। मदर सुपीरियर भी साथ जायेंगी। सुनीता इस यात्रा पर जाना चाहती है।

वे ख़त नीचे रख देते हैं। उन्हें थोड़ा–सा ग़ुस्सा आ जाता है। सुनीता जानती है, वे सारा वर्ष उसकी छुट्टियों में घर आने की प्रतीक्षा करते रहते हैं और वह है कि इतनी लम्बी यात्रा पर निकल जाना चाहती है। पापा से मिलने की बात लिखी तक नहीं। पिछले वर्ष भी यहाँ पर उनके पास शायद दस दिन भी न बिताये। बाक़ी सारे दिन अपने दादा–दादी के पास जा रही थी।

पिछला वर्ष!

उनका शरीर किसी स्प्रिंग की तरह कसता क्यों जा रहा है? कान अपने आप पीछे की ओर खिंचते जा रहे हैं? ऊपर लगे हुए बालों के एरियल खड़े क्यों हो गये हैं? वे तो इस समय किसी आत्मा में प्रवेश करने की चेष्टा नहीं कर रहे हैं। फिर! फिर अप्रत्याशित–सा यह सब कुछ क्या हो रहा है?

सारे बाग़ में एक विस्फोटक तथा कोलाहलपूर्ण शान्ति छायी हुई है। वे सिर उठाकर देखते हैं, मकान की सारी खिड़कियाँ खुली हैं, शायद कमरों को सुखाने के लिए नौकर ने इन्हें खुला छोड़ दिया है। हवा बिल्कुल बन्द है जैसे इस वापस लौटती हुई धूप में लॉन में कहीं लेटी सुस्ता रही है। चलना भूल गयी है। एक बड़ी–सी बिल्ली बड़ी जासूसी चाल से खिड़की के नीचे पहुँच जाती है। सिर को थोड़ा–सा ऊपर उठाकर खिड़की और ज़मीन के फ़ासले को नज़र से तौलती है और फिर एक छोटी–सी छलाँग लगाकर अन्दर चली जाती है। खिड़की तक पहुँचने से पहले उसका शरीर क्षणांश के लिए वायुमण्डल में स्थिर हो जाता है और यह चित्रांश उनकी आँखों में बस जाता है।

उन्होंने बड़ी जल्दी–जल्दी अपने मन की खिड़कियाँ, दरवाज़े, रोशनदान सब कुछ बन्द कर दिये। नहीं, वे किसी सत्य को नहीं जानना चाहते।

आकाश में कोई मुर्दा–मांस–भक्षी परिन्दा हवा की झील में बिना पंख हिलाये तैर रहा है। उसकी गर्दन नीचे की ओर झुकी हुई है, शायद किसी मृत–पशु की देह–गन्ध प्राप्त करने के लिए इतने धीमे–धीमे हवा की झील में बह रहा है।

इस सन्नाटे में उन्हें भय लग रहा है। टेलीफ़ोन का तार तक नहीं हिल रहा है। लगता है जैसे किसी डायनामाइट से वह शान्ति अभी खण्ड–खण्ड भंग हो जायेगी। इस शान्ति के माध्यम से उन्हें पता चल जाता है कि उनके कान पीछे क्यों खिंच गये हैं? बाल क्यों खड़े हो गये हैं? क्योंकि आज वे अपनी ही आत्मा में प्रवेश कर रहे हैं। वे रूमाल से सिर पर आया पसीना पोंछते हैं।

उन्होंने बड़ी चेष्टा की कि उन मायाविनी शक्तियों को रोक दें, थाम लें, जिन्होंने आज उनके मन–दुर्ग पर धावा बोल दिया है। लेकिन वे असहाय हो गये हैं। उनकी अपनी ही साधी हुई विद्या आज विद्रोहिणी हो गयी है। इस दुर्ग को नष्ट–भ्रष्ट करके रहेगी क्या? जिन अस्त्रों का प्रयोग वे आज तक दूसरों की आत्मा की प्राचीरें ढाने में करते रहे हैं, क्या आज वही अस्त्र उनके मन में बन आये उस दुर्ग पर चौमुखा आक्रमण करने को तत्पर हो गये हैं?

उनका शरीर ढीला पड़ रहा है, किसी ज़ंग खाये स्प्रिंग की तरह वे शक्तिहीन–से हो गये हैं। उनके अन्दर जो दुर्ग है, उसका एक–एक दरवाज़ा, खिड़की, बड़ा लौह–कपाट भी, जिसे बड़े यत्न से उन्होंने पिछले वर्ष से बन्द कर रखा था जैसे किसी जादुई स्पर्श से धड़ाके के साथ खुलता जा रहा है। दुर्ग की प्रत्येक बुर्जी पर जो चाण्डालिनियाँ उन्होंने रक्षा करने के लिए नियुक्त कर रखी थीं, आज उन सबने उसी दुर्ग पर आक्रमण बोल दिया है। हाँ, अनजाने में अपनी साधी हुई विद्या का प्रयोग आज वे अपने विरुद्ध ही कर बैठे हैं।

कान अब भी पीछे की ओर तने हैं, बाल अब भी खड़े हैं। सिर पर अब भी पसीना आ रहा है और वे बड़ी द्रुतगति से गर्दन ताने पेट ज़मीन से लगाये आखेट के पीछे भागे जा रहे हैं। वह आखेट, जो सत्य है। गले में पड़ी गति को थामने वाली डोरियों की गाँठ आज आत्मा के स्वामी ने स्वयं ही खोल दी है। आज आखेट की हत्या होकर ही रहेगी।

उनकी बेटी सुनीता इतनी सुन्दर है कि देखते ही मन उदास हो जाता है। बोलती कितना कम और धीमे–धीमे है। बहुत–सी बातों के उत्तर तो वह अपनी आँखों को भिन्न–भिन्न मुद्राओं में उठाकर, हिलाकर दे देती है। वे चाहते थे कि बेटी उनके पास रहकर ही पढ़े, परन्तु माँ का कहना था कि चूँकि उनका तबादला प्रायः एक स्थान से दूसरे स्थान पर होता रहता है, इसलिए बेटी की पढ़ाई में बहुत हर्ज होगा। बात उसकी ठीक थी, इसलिए सुनीता को शिमला के एक कान्वेंट में दाख़िल करा दिया गया। हर साल सर्दियों की छुट्टियों में घर आती है। वे भी अपनी छुट्टियाँ इन्हीं दिनों ही लेते हैं। उसको साथ ले जाकर पिक्चरें दिखाना–सुनीता प्रायः हिन्दी की फ़िल्में वहाँ आकर देखती है, क्योंकि वहाँ कान्वेंट में उन्हें हिन्दी फ़िल्में कम ही देखने दी जाती हैं। किताबों की दुकानों पर उन्हें घण्टों उसके साथ खड़े रहना होता है क्योंकि बुक–हंटिंग उसकी हॉबी है। होटलों में कॉफ़ी पी जाती है क्योंकि प्रायः सब लोग उनको जानते हैं, एक विशेष सम्मानजनक दूरी रखकर उनसे बातचीत करते हैं और यह सब देखकर बेटी को ख़ूब गर्व होता है। वे सारा वर्ष उसके आने की प्रतीक्षा करते रहते हैं ताकि कुछ दिनों के लिए तो मोनाटनी भंग हो। और वह है कि इस वर्ष घर आना ही नहीं चाहती।

पिछले वर्ष भी तो यहाँ कितने दिन रही थी। कुछ दिन। बाक़ी सारी छुट्टियाँ दादा–दादी के पास उस छोटे–से शहर में व्यतीत की थीं।

यह पिछला वर्ष इतना महत्त्वपूर्ण क्यों है? उनकी सुनीता से इस हत्यारे लड़के की बातों का क्या सम्बन्ध कि बार–बार दोनों की बातें आपस में गड्डमड्ड हो जाती हैं? क्या इस सन्दर्भहीन स्थितियों, अकारण उठ रहे प्रकरणों, इन सबका केन्द्र बिन्दु पिछला वर्ष है?

वह आयी थी। माँ टेनिस खेलती है तो बेटी को बैडमिंटन अच्छा लगता है। वे सोचते हैं कि हर कोई अपनी प्रवृत्तियों के अनुसार ही खेल का चुनाव करता है। वह गुड़िया जैसे अंगोंवाली लड़की यही हल्का–सा खेल खेल सकती है। उन्होंने कोठी के सामने वाले लॉन में उसके खेलने के लिए छोटा–सा कोर्ट बनवा रखा है। माँ तो प्रतिदिन दोपहर के बाद क्लब, टेनिस खेलने चली जाती है। टूर्नामेंट शुरू होने वाले हैं, इसलिए आजकल तो वह सुबह भी अभ्यास के लिए वहाँ जाती है। जीत का नशा होता ही है। पहले दिन वे मात्र दस मिनट बेटी के साथ स्वयं खेले और

उन्हें पता चल गया कि हत्या–डकैती के मुक़दमों का निर्णय देना आसान है, उस पंखोवाली चिड़िया के आगे–पीछे रैकेट लेकर भागना कहीं अधिक कठिन है। फिर ध्यान आया कि उनके मित्र डॉक्टर वर्मा का लड़का भी तो बैडमिंटन खेलता है। इसी वर्ष ही तो स्थानीय कॉलेज का सबसे अच्छा बैडमिंटन खिलाड़ी बना था। उन्होंने ही तो पुरस्कार बाँटे थे। तभी तो याद आया। डॉक्टर वर्मा से फ़ोन पर बात करते हैं। वे बताते हैं, ठीक है। लड़का खेलने के लिए उनके यहाँ आ जाया करेगा।

सुनीता का सवेरे–शाम का समय अब अच्छा कटने लग गया है। वे स्वयं भी ख़ुश हैं कि चलो, अब दिन भर मोटी–मोटी किताबों में तो बेटी न उलझी रहेगी।

विनय जब सुबह खेलने आता है, तो वे लॉन में कुर्सी डालकर अख़बार पढ़ते रहते हैं और उन दोनों को खेलते देखते रहते हैं। वे जानते हैं, विनय को सुनीता जैसी नई खिलाड़ी से खेलने में कोई मज़ा नहीं आता, परन्तु अपने पप्पा के कारण वह यहाँ आ जाता है। ऊँचे गलेवाली सफ़ेद जर्सी में वह बहुत लम्बा दिखायी देती है। उसका शरीर इकहरा है, परन्तु अंग–प्रत्यंग किसी जंगली पशु की तरह कसा–कसा है। उसके बाल बहुत लम्बे हैं। शॉट मारता है तो बार–बार बाल पीछे हटाता है। और वे मन–ही–मन ख़ूब हँसते हैं। क्या आजकल के सारे लड़के–लड़कियाँ हिप्पी होते जा रहे हैं? सुनीता जब भी उस चिड़िया को विनय के कोर्ट में वापस फेंकने में सफल हो जाती है तो दोनों ज़ोर की किलकारी मारते हैं। उनका शोर सुनकर लॉन में बिछी धूप में आराम कर रही चिड़ियाँ थोड़ा–सा ऊपर उड़ जाती हैं, और चक्कर काटकर फिर से वहीं आ बैठती हैं। और आश्चर्यचकित दृष्टि से बैडमिंटन की उस चिड़िया को देखती रहती हैं। वे तीनों कितने प्रसन्न हैं! खेलने के बाद विनय नाश्ता उनके साथ ही करता है। वे उन दोनों के साथ एक काउब्वॉय फ़िल्म भी देख आये हैं। हालाँकि क्लब की जान–पहचान के सैनिक अधिकारी उन्हें ऐसी स्टंट फ़िल्म पर देखकर एक बार तो ख़ूब हैरान हुए थे।

वे तीन दिन कैसे आवेश और उत्साह से भरे–भरे थे! वे सोचकर हँसते हैं। कहीं 'आनन्द' जिसका वर्णन पुराने ग्रन्थों में है, ऐसी स्थिति को ही तो नहीं कहते? सुख नाम की कोई आकारहीन काया यह तीन दिन रोज़ उनके पास आकर चुपचाप बैठ जाया करती थी। सब कुछ कितना अच्छा लग रहा है!

वे अख़बार पढ़ रहे हैं। विनय और सुनीता खेल रहे हैं। पत्नी बाहर आती है। क्लब जा रही है। आजकल सुबह–शाम दोनों समय खेलना होता है। खेलने के कपड़ों में वह ख़ूब स्मार्ट लग रही है। कोई दूसरा देखे तो सोच भी न पाये कि वह इतनी बड़ी बेटी की माँ है। वह इन लोगों के पास आ जाती है। उसे वहाँ आये देखकर वे सब बहुत ख़ुश होते हैं। गेम ख़त्म होने पर सुनीता रैकेट मम्मी को थमा देती है। माँ बहुत 'न–न' करती है। भला वह यह खेल क्या खेल पायेगी। उसे तो केवल टेनिस का अभ्यास है? परन्तु सुनीता मचल जाती है। वे भी पत्नी को खेलने के लिए कहते हैं, तो वह हारकर मान जाती है। विनय का चेहरा भी मारे ख़ुशी के चमक रहा है कि आज वह उससे खेल रहा है जिसका नाम तथा फ़ोटो अख़बार में प्रायः आते ही रहते हैं।

पहले थोड़ी देर वह विनय से हारती रही, परन्तु खेल–कूद के प्रति अभ्यस्त उनका शरीर तथा उनका मन बड़ी जल्दी चौकस हो गया। वह जानती है, शक्ति से इस युवक को न हराया जा सकेगा। वह शटल को ऐसे सुन्दर कोणों से कोर्ट के किनारों पर फेंकती है कि विनय से कुछ भी नहीं बन पड़ता। वह पहले गेम में ही उसे हरा देती है।

सुनीता मारे ख़ुशी से उछल पड़ती है। विनय भी उनसे हार का गर्व महसूस करता है। ख़ुद उनको बहुत अच्छा लगता है। रोज़ उनकी बेटी को हराया करता था, आज ख़ूब पिटा। विनय बड़ी प्रशंसापूर्ण दृष्टि से आंटी को देखे जा रहा है। उसका गोरा, लम्बा चेहरा लाल हो रहा है और थोड़ी–थोड़ी देर बाद वह बालों को पीछे हटाता है। सब मिलकर नाश्ता करते हैं। वह और सुनीता बड़ी अनुनय से आंटी को मनाते हैं कि उनके साथ खेला करें। वह मान जाती हैं क्योंकि उनके पार्टनर ब्रिगेडियर आजकल सैनिक अभ्यास के लिए कहीं गये हुए हैं।

वे जल्दी ही जान जाते हैं कि सुनीता को यह सौदा महँगा पड़ा। विनय आजकल उसे झटपट कुछ ही मिनटों में हरा देता है, ताकि आंटी के साथ जमकर खेल सके। सुनीता फिर से चुप–चुप हो गयी है। वह बड़ी बेमन होकर विनय से खेलती है जैसे उसे ख़ुद हार जाने की जल्दी पड़ी हो। फिर वह भी पापा से अख़बार का एक पृष्ठ माँगकर उनके पास ही बैठकर पढ़ती रहती है। और इनकी उपस्थिति से बेख़बर उसकी मम्मी तथा विनय एक–दूसरे को हराने में जूझते रहते हैं। पत्नी की सुडौल

सुन्दर टाँगें नंगी तलवारों की तरह यहाँ से वहाँ कौंधती रहती हैं। सुनीता आजकल एमली ब्रांटे की मोटी–सी पुस्तक 'वुदरिंग हाइट्स' में डूबी रहती है।

जिन दिनों सुनीता यहाँ होती है तो वही उन्हें कचहरी छोड़ने के लिए साथ जाती है। अभी वह वयस्क नहीं। कार का लाइसेंस नहीं बना, परन्तु शहर के पुलिस कर्मचारी जानते हैं कि वह किसकी पुत्री है, इसलिए चालान आदि होने का कोई भय नहीं।

आज वह उन्हें छोड़ने जा रही है तो कार बहुत तेज़ चला रही है। उसकी नज़र सामने सीधी सड़क पर जमी हुई है, प्रतिदिन की तरह उन्हें कॉमिक्स की कोई बात नहीं सुना रही। वे उसका कन्धा छूकर बताते हैं कि गाड़ी ज़रा धीरे चलाये। वे जानते हैं, सुनीता कल रात से उनसे कोई बात कहना चाहती है। उसकी आँखों में बर्फ़ की तरह ठण्डी जमी हुई आग उन्होंने देखी है। उसका शरीर जैसे किसी तनाव–तले अकड़ा जा रहा है। वह मुँह पर आ रहे कटे बालों को बड़े ग़ुस्से से पीछे करती रहती है। यह तेज़ गाड़ी चलाना, बड़ी–बड़ी काली ऐनकों की आड़ में नज़रें छुपाना, यह सब किसी बात की भूमिका है। वे स्वयं बात नहीं चलाना चाहते। उन्होंने सदा से बेटी को छोटे–मोटे निर्णय अपने आप करने का अधिकार दे रखा है। फिर उनका अन्दाज़ा है कि यह सब कुछ माँ के डाँटने के कारण ही होगा।

गाड़ी अदालत में पहुँच जाती है। वे दरवाज़ा खोलकर बाहर निकलते हैं। सुनीता अब भी बड़े–बड़े गॉगल्ज़ पहने है। सामने नज़र गड़ाये है। सदा की तरह हाथ हिलाकर उनको शाम तक की विदा नहीं दे रही है। वे एक क़दम बढ़ जाते हैं। फिर एक झटके–से वापस लौटकर उसके पास सीट पर बैठ जाते हैं। ''क्या बात है,'' वे सुनीता से पूछते हैं।

उसके लम्बे–लम्बे हाथ स्टियरिंग पर कसे हुए हैं। काले रंग की पृष्ठभूमि में उँगलियाँ और अधिक उजला गयी हैं।

वह उनकी ओर बिना देखे बताती है, कि छुट्टियाँ वह दादा–दादी के पस व्यतीत करना चाहती है।

उनको लगता है, बेटी की आवाज़ कुछ काँप गयी है। मन में संशय होता है। कहीं वह बात को बदल तो नहीं गयी? परन्तु नहीं। उनसे किसलिए वह झूठ बोलेगी? वे जानते हैं, उसकी माँ कभी भी उसे वहाँ

भेजने को न मानेगी। वह कहाँ चाहेगी कि कान्वेंट में पढ़ रही बेटी को उन पूरे साधारण हिन्दुस्तानी दादा–दादी के उस दो कमरोंवाले घर भेजेगी, जहाँ किसी प्रकार की कोई प्राइवेसी नहीं। वे सुनीता से कहते हैं कि क्या उसने माँ से पूछ लिया है?

जब सुनीता बताती है, उसने माँ से बात कर ली है, वह मान गयी है, तो पल–भर के लिए उन्हें आश्चर्य होता है और फिर बहुत प्रसन्नता होती है। चलो, पत्नी में कुछ परिवर्तन तो आया। उसने यह सोचा तो सही कि दादा–दादी का भी सुनीता पर कुछ अधिकार है।

वे उससे कहते हैं कि दो–तीन दिन में तैयारियाँ कर ले, वे स्वयं उसे वहाँ छोड़ आयेंगे।

सुनीता कठोर आवाज़ में बताती है कि वह आज ही जाना चाहती है। वहाँ अकेली चली जायेगी, कोई इतनी दूर तो जाना नहीं। वे जानते हैं, यह कमज़ोर–सी दिखने वाली उन बिटिया निश्चय की बहुत पक्की है। वे उसे डाँटकर रोकना नहीं चाहते। वे तो यह सोच भी नहीं सकते कि कभी उस मित्र–सी पुत्री से ऊँचा भी बोलना पड़ेगा। फिर सोचते हैं कि अब उसको जाना ही है तो फिर दो दिन बाद क्या और आज क्या? वे कहते हैं, ठीक है। रेल से जाने की ज़रूरत नहीं। ड्राइवर कार पर ही छोड़ आयेगा। वे शहर के पोस्ट ऑफ़िस में ट्रंककाल कर देंगे। उसके दादा का घर पास ही है। पोस्ट–मास्टर सुनीता के आने की ख़बर कर देगा।

उन्हें लगता है, सुनीता अब भी ख़ुश नहीं। जब वे कार से नीचे उतरते हैं तो छोटा–सा 'थैंक्स पापा' कर देती है। एक बार उनका जी करता है, खींचकर उसको एक चाँटा मारें। उनसे कितना निर्वैयक्तिक व्यवहार कर रही है, जबकि वे उसकी बात मान गये हैं। फिर वे सोचते हैं कि आजकल के बच्चों को जाने क्या होता जा रहा है?

वे कार से उतरते हैं, अदालत के कमरे की ओर चल पड़ते हैं। कार के रिवर्स गियर में डालने की आवाज़ की प्रतीक्षा करते हैं, क्योंकि जहाँ सुनीता गाड़ी रोकती है, उससे थोड़ा आगे पीपल का एक भीमकाय पेड़ है, इसलिए इतने कम स्थान में मोड़ काटना कठिन है। गाड़ी को पहले पीछे लाना आवश्यक है। फिर किसी अनजान भय से उसका सारा शरीर सनसना जाता है। एकदम पीछे मुड़कर

देखते हैं। सुनीता कार को बिना रिवर्स किये आगे जा रही है। यह वे जान जाते हैं। रोकने का समय कहाँ है? वह गाड़ी को बहुत अधिक स्पीड देती है, धूल का गुबार उठता है। स्पष्ट लग रहा है, कार का पिछला भाग पेड़ से टकराया कि टकराया। और फिर गाड़ी पेड़ से छूती हुई वह मोड़ काट लेती है। बाहर बैठे लोग अपने स्थानों पर खड़े हो जाते हैं। सुनीता की कार आँखों से ओझल हो जाती है। धूल धीरे–धीरे बैठ जाती है। वे रूमाल से मुँह साफ़ करते हैं और उन निर्जीव–सी टाँगों पर चलकर अन्दर पहुँच जाते हैं।

आज कामकाज में मन नहीं लग रहा। भाग्य से जो केस चल रहा है, उसका गवाह नहीं आया। वे अगले दिन पर पेशी डाल देते हैं। घर फ़ोन करते हैं कि थोड़ी देर में वहाँ पहुँचेंगे। सुनीता उनकी प्रतीक्षा करे, वे स्वयं उसे सी–ऑफ़ करेंगे।

वहाँ के पुराने वकील से जो उनका मित्र है, दो सौ रुपये लेते हैं। माँ सुनीता को पैसे देगी, परन्तु वे उससे अलग सुनीता को ये रुपये देना चाहते हैं। जानते हैं, बेटी शाहख़र्च है, पुस्तकें ख़रीदने का उसे क्रेज़ है। वहाँ दादा के लिए इतना पैसा ख़र्च करना कठिन हो जायेगा।

वे सरकारी जीप पर घर आते हैं। सुनीता कार के पास खड़ी उनकी प्रतीक्षा कर रही है, माँ भी पास ही ठहरी है। ड्राइवर अपनी सीट पर बैठा चलने की प्रतीक्षा कर रहा है। वे पत्नी से पानी लाने को कहते हैं। जब वह अन्दर जाती है तो झट–से बेटी के हाथ में रुपये थमा देते हैं। वह बड़ी चुस्ती से उन्हें पर्स में डाल लेती है। पिता–पुत्री के बीच ऐसे कई छोटे–छोटे रहस्य हैं, जिनका पत्नी को पता तक नहीं। एक क्षण के लिए सुनीता के चेहरे पर वही पुरानी षड्यन्त्रपूर्ण मुस्कान आ जाती है।

जैसे ही सुनीता कार में बैठने लगी है, माँ उसके कन्धे पर हाथ रख देती है, कुछ कहना चाहती है।

सारा दृश्य एकदम तन जाता है। सुनीता का सुन्दर चेहरा बिगड़ जाता है। वह अपने निचले होंठ को दाँतों से दबा लेती है। उसके नथुने फड़क रहे हैं। उसने अब भी बड़ा–सा चश्मा पहन रखा है, इसलिए उसकी आँखों के भाव वे देख नहीं पाये। वह झटके–से माँ का हाथ परे कर देती है जैसे उसके हाथ द्वारा उसके शरीर में बिजली का घातक करेंट का संचार हो रहा है।

पत्नी का चेहरा एकदम बूढ़ा हो जाता है। उसकी बड़ी–बड़ी आँखें जो सदा अवहेलना से तनी रहती हैं, बेटी के सम्मुख झुक गयी हैं। बजाय इसके कि वह बेटी को डाँटे, किसी हारे हुए जंगली पशु की तरह जो घायल हो गया है, वह पीछे हट जाती है। उसके कन्धे बहुत नीचे ढलक आये हैं। सुनीता को लेकर कार पोर्च में से सरक जाती है।

माँ–बेटी के चेहरे के ये भाव जैसे एक चाकू से उनके मन के डार्करूम में खुद जाते हैं। वह कोर्ट वापस लौटते हुए सोचते हैं कि माँ–बेटी में शायद इस बार कुछ ज़्यादा झगड़ा हो गया है। बेटी ने दादा–दादी के पास जाने की ज़िद की होगी, माँ ने रोका होगा, डाँटा होगा। सुनीता ज़िद पर उतर आये तो भला किसी की सुनती है? तभी दोनों में इतना मनमुटाव हो गया है। अब सोच रहे हैं तो उनको पता चल रहा है कि सत्य का उस दिन भी उनको अवश्य पता रहा होगा, परन्तु इससे इस प्रकार बचकर निकल गये थे जैसे सत्य कोई सोया हुआ साँप हो, जो थोड़ी–सी आहट हुई तो जाग पड़ेगा और घातक आक्रमण कर देगा।

फिर कुछ दिनों के बाद सुनीता से मिलने वहाँ गये थे। पत्नी से चलने को पूछा तो वह टाल गयी। इस बात की उन्हें पहले ही आशा थी। वहाँ जब शाम को वे पहुँचे तो बूढ़े माता–पिता उनको ऐसे अचानक आया देखकर बहुत प्रसन्न हुए। उन्होंने आसपास निगाह घुमायी, सुनीता कहीं नहीं दिख रही थी। फिर उनकी आवाज़ सुनकर वह रसोई से भागती हुई आयी। उसके हाथ गीले आटे में सने हुए हैं तथा आग के पास बैठने से मुँह एकदम लाल हो रहा है। तो उनकी बेटी रसोई में बैठी खाना बना रही है। उन्हें बहुत बुरा लगा।

परन्तु सुनीता ने उन्हें बड़े उत्साहपूर्ण ढंग से बताया कि दादी उसे खाना बनाना सिखा रही है और अब दोनों समय वही रसोई का काम करती है। उन्हें लगा, यहाँ आकर बेटी इन थोड़े–से दिनों में बहुत बड़ी हो गयी है। उनकी वह छोटी–सी दोस्त सुनीता कहीं खो गयी, जिसके साथ वह लड़कों की तरह, अपनी आयु और पद भूलकर दुकानों तथा होटलों में घूमते रहते थे।

उनके वहाँ आने की ख़बर सुनकर पड़ोसी कितनी रात गये तक उनसे मिलने आते रहे। सुनीता बैठक के एक कोने में चुपचाप बैठी है। सब लोग उसके पिता का कितना आदर करते हैं, यह देखकर उसे बहुत अच्छा लगा है।

सुबह आँख खुली तो सुनीता ही चाय लेकर आयी। अभी सात भी न बजे थे। देखा, बेटी ने एक हल्की–सी साड़ी पहन रखी है। बाल गीले हैं तथा माथे पर लाल रंग का बड़ा–सा टीका लगा है। तो दादी उसे भी अपने साथ इतने सवेरे मन्दिर ले गयी है तथा नहला भी लायी हैं। बेटी का चेहरा कितना शान्त है! यह शान्ति सुख नहीं देती, भय की भावना उत्पन्न करती है; जैसे छोटे वय की भिक्षुणी अथवा नन को देखकर मन में दया, मोह तथा भय की भावना एकदम पैदा हो जाती है। बेटी की आँखों में अभी बैठी ठण्डी आग को वे स्पष्ट देख रहे हैं। चाय का प्याला उनके हाथ में काँपता है। वे इसे चारपाई के नीचे रख देते हैं। खींचकर सुनीता को अपनी छाती से लगा लेते हैं, उसे रज़ाई ओढ़ा देते हैं। यह उनकी कान्वेंट में पढ़ रही लड़की को क्या हो गया है? किशोरावस्था में ही यह देवदासियों की तरह अपने शरीर पर अत्याचार क्यों कर रही है? उनके किस पाप का प्रायश्चित्त बेटी कर रही है? बाइबिल में भी तो कहा गया है कि माँ–बाप के पापों का परिणाम सन्तान को भुगतना पड़ता है।

उसके गाल एकदम ठण्डे यख़ हो रहे हैं। उसके हाथों को वे बाँहों के नीचे दबाकर गर्म कर रहे हैं। वे उसे बताते हैं कि आज ही, अपने साथ ही वे बेटी को वापस ले जायेंगे। सुनीता एक झटके–से अपना सिर उनके सीने से हटा लेती है। उनको बताती है कि नहीं, वह सारी छुट्टियाँ यहीं पर गुज़ारेगी। उसे काम करने में बहुत आनन्द आ रहा है, कोई कष्ट नहीं है।

वहाँ से लौटने से पूर्व वे अपनी माँ से कहते हैं कि सुनीता को इतने सवेरे स्नान के लिए साथ न ले जाये, कहीं वह बीमार न पड़ जाये। माँ सदा से सीधी स्पष्ट बात करती है, इसलिए कटुभाषिणी लगती है। कुछ अतिरिक्त क्रोध से बेटे को बताती है कि बच्चों की देखभाल का तरीक़ा उसे आता है। बेटे के बताने की आवश्यकता नहीं। लड़की यहाँ आयी थी तो पूरा एक दिन कुछ न खाया था। जाने तुम दोनों मिलकर इस पर

क्या–क्या ज़ुल्म करते हो? यहाँ तो कामकाज में व्यस्त रहती है, इसलिए ख़ुश है। जब तक चाहेगी, यहीं उनके पास रहेगी।

वे सदा से माँ से डरते आये हैं। वह अनपढ़ माँ जाने किस इन्द्रिय के माध्यम से हमेशा सत्य को पकड़ लेती है और निर्ममता से उघाड़कर रख देती है, कोई लाग–लपेट नहीं करती। शायद उसके युग के लोगों की यही अपनी विशेषता है।

बेटी उन्हें छोड़ने स्टेशन पर आयी है। गाड़ी आने में अभी थोड़ी देर है। वह अपने को बहुत बूढ़ा महसूस कर रहे हैं। लगता है, वह अपनी बिटिया को विवाह के समय–सा जीवन भर के लिए खो बैठे हैं। उन्हें लग रहा है, उनकी बेटी को तो बहुत समय पूर्व ही उनसे छीन लिया गया है।

गाड़ी धड़धड़ाती हुई स्टेशन में प्रवेश करती है। वे डिब्बे में चढ़ने से पूर्व बेटी के दोनों हाथ अपने हाथों में लेते हैं, फिर उसके चेहरे पर उड़ आये बालों को पीछे करते हैं। सुनीता ने अब भी वे बड़ी–बड़ी ऐनकें पहन रखी हैं, जिनके शीशे का निचला भाग गालों से चिपका हुआ है। उन्हें लगता है, आँसू की एक नन्ही–सी लकीर शीशे को फोड़कर बाहर आने का यत्न कर रही है। चाहते हैं, उसका चश्मा उतार दें : देखें, कितने ज़ोर से रो रही है! आसपास खड़ी सवारियाँ उन बिछुड़ते पिता–पुत्री को बड़ी सहानुभूतिपूर्ण दृष्टि से देख रही हैं। बाप बेटी की पीठ पर हाथ फेरते हैं और डिब्बे में चढ़ जाते हैं।

सुनीता ने बाक़ी छुट्टियाँ वहीं गुज़ारीं। उन्हें कई बार पत्नी पर ग़ुस्सा आया। बेटी हठ करके दादा–दादी के पास चली गयी है, तो कौन सा क़हर हो गया? आख़िर है तो बच्ची ही न! एक बार भी उसे वापस आने के लिए नहीं लिखा। इतना भी क्रोध किस काम का, लेकिन वे चुप रहे। उससे कुछ न कहा। बहुत समय पहले ही निर्णय कर लिया था कि पत्नी की जिस बात का उनसे सीधा सम्बन्ध न होगा, उसमें वे कभी दख़ल न देंगे।

सुनीता छुट्टियाँ समाप्त होने से सिर्फ़ एक दिन पहले यहाँ आयी थी। उन्होंने देखा कि बेटी के कटे हुए बाल कुछ बढ़ गये हैं। दादी के कहने पर उसने एक चोटी कर रखी है। हाथ की बनी हुई चौड़े बॉर्डरवाली साड़ी

उसने पहनी है। कामकाज करने के कारण उसके चेहरे तथा शरीर में एक कठोर सुन्दरता आ गयी है। उस रात बेटी उनके पासवाली चारपाई पर सोयी। माँ ने जो छोटे–छोटे प्रश्न किये, उनका वह संक्षिप्त, सधा हुआ उत्तर देती रही। उन्हें अच्छा लगा कि बेटी में आत्मविश्वास बढ़ गया है। सारी रात बड़े ज़ोरों की वर्षा होती रही। बार–बार उठकर उन्होंने बेटी पर कम्बल ठीक किया। बारिश सुबह भी जारी है, पर बेटी को आज स्कूल पहुँचना है। सिर से पैर तक उसने पारदर्शक बरसाती पहन रखी है। वर्षा बहुत वेगवान है। उस क़हर की बारिश में वे अपनी बेटी को विदा करते हैं। बारिश से उसका चेहरा भीग गया है। हमेशा की तरह वह जाते समय रो रही है या नहीं, इसका पता लगाना कठिन हो रहा है...

और आज उसका पत्र आया है कि इस वर्ष की छुट्टियों में वह घर आना ही नहीं चाहती।

फिर उनके मानसपटल पर से एक–एक करके सारे छोटे–छोटे दृश्य मिटते जा रहे हैं। मन के डार्करूम में उतरा उस बालक का चेहरा स्पष्ट–से–स्पष्टतम होता जा रहा है। उसके चेहरे की कसी–तनी माँसपेशियाँ, फड़कते हुए नथुने और आँखों में बल खा रहे घृणा के अपार साँप। फिर धीरे–धीरे यह चेहरा फ़ेड–आउट होता जा रहा है और वह एक दूसरा रूप धारण कर रहा है। अब यह चेहरा उनकी बेटी सुनीता का हो गया है, जिसकी आँखों की जमी हुई आग कितनी भयावह है, कितने ज़ोरों से चमक रही है। कैसे झटके–से उसने माँ का हाथ परे कर दिया था।

आत्मा के सातवें दरवाज़े पर खडी वह प्रेतात्मा, जिसे उन्होंने सिद्ध कर रखा है, ज़ोर–ज़ोर से हाथ हिलाकर उन्हें बुला रही है। आओ! खोल डालो इस दरवाज़े को। इसके अन्दर जो जंगल है, सत्य वहीं पर छुपा बैठा है। वह जानते हैं, सातवाँ दरवाज़ा खोलना तो निषिद्ध है। खोल डाला तो सत्य किसी मृत शरीर की तरह आजीवन उनके कन्धों पर सवार हो जायेगा। वे फिर, जो सत्य है, उससे बचकर निकल गये हैं।

ध्यान टूटता है, जैसे किसी ने पत्थर मारकर काँच तोड़ दिया हो, इसी प्रकार टेलीफ़ोन की ट्रीं–ट्रीं ने वातावरण में छायी ख़ामोशी के सीने में आवाज़ों का चाकू घोंप दिया।

वे उठ ठहरते हैं। इस प्रकार से अचानक चौंकने के कारण उन्हें लगा जैसे छाती के पास से अन्दर का कोई भाग नीचे की ओर धँस गया है, और वे डूब रहे हैं। वे क्षणभर के लिए सन्न रह गये। कहीं दिल का दौरा...एक बार पहले भी बहुत हल्का...

फ़ोन उठाते हैं। अस्पताल से सिविल सर्जन बोल रहा है। बताता है, उस लड़के की अभी–अभी मृत्यु हो गयी है। वे फ़ोन नीचे रखने लगते हैं। फिर आभास होता है जैसे डॉक्टर अभी कुछ और कहना चाहता है। उसके पूछे बिना डॉक्टर बताता है कि बच्चे की बीमारी की ख़बर सुनकर कुछ लोग अस्पताल आ गये थे। उनके चपरासी ने उनमें हो रही बातचीत को सुन लिया था।

वे लोग तो पहले से ही सरपंच की हत्या करने का निर्णय कर चुके थे, लेकिन उस लड़के ने उनको बताये बिना उसे मार डाला। हाँ, मुखिया के उस लड़के की माँ से नाजायज़ सम्बन्ध थे। एक बार वह स्कूल से जल्दी लौट आया तो मुखिया उसकी माँ के पास लेटा हुआ था। अवसर पाते ही लड़के ने उसकी हत्या कर दी।

वे फ़ोन नीचे रख देते हैं। उनके अन्दर कुछ प्रवेश कर रहा है। वह अपने बाह्य और अन्तर को अलग–अलग रखना चाहते हैं। इन दोनों के मिल जाने से जो परिणाम निकलेगा, वह भयंकर होगा। वे बहुत कसकर अपने अन्दर के किवाड़ बन्द कर रहे हैं, परन्तु वह छोटा–सा लड़का जाने किस राक्षसी शक्ति के द्वारा उनको चूर–चूर कर देता है। वे अपने अन्दर सम्पूर्ण प्रवेश कर जाते हैं।

इसी कारण से ही इतने छोटे–से लड़के के मन में अपनी जननी के प्रति इतनी अपार घृणा उत्पन्न हो सकती है।

फिर वे ज़ोरों–से काँप जाते हैं। चेहरे की तनी माँसपेशियाँ, दाँतों से कट रहा निचला होंठ, फड़कते नथुने, इस रूपवाले जिस चेहरे ने उनके अन्दर के दरवाज़े को अभी–अभी तोड़ डाला है, वह उस हत्यारे लड़के का नहीं अपितु उनकी अपनी बेटी सुनीता का है।

राख की तरह हो रहा चेहरे का रंग, पराजित प्रतिहिंसा से सुलग रहे झुक गये नेत्र और ढल गये कन्धे, ये सब उस लड़के की माँ के नहीं अपितु उनकी बेटी सुनीता की माँ के हैं। उनकी पत्नी से इन सब मुद्राओं का सम्बन्ध स्थापित हो गया है।

आत्मा के दरवाज़े पर खड़ी उस प्रेतात्मा ने स्वयं यह दरवाज़े खोल दिया और परे हट गयी। कटे हुए दृश्य एक–एक करके बड़ी शीघ्रता से किसी मशीनी खिलौने के अंगों की तरह अपने अपने स्थान पर फ़िट होते जा रहे हैं और मन के डार्करूम में बन्द चित्र अन्धाधुन्ध डेवलेप हो रहे हैं।

उस दरवाज़े के भीतर जो जंगल है, उसे वे देखना नहीं चाहते, क्योंकि सत्य किसी ख़ूँख़ार जानवर की तरह घात लगाये वहीं छुपा बैठा है। वे तेज़ी–से भागते हैं। आत्मा में उग आये इस जंगल को वे नहीं देखेंगे, वे थोड़ा–सा सिर घुमाकर पीछे देखते हैं। अब प्राण बचना कठिन है। जंगल स्वयं उनके पीछे भागा आ रहा है। उसमें उगे देवदार के बड़े–बड़े पेड़, कँटीली झाड़ियाँ, सारे–के–सारे पक्षी, अन्धकार का सम्पूर्ण राज्य उनके पीछे भागा आ रहा है। वे जान गये हैं कि सत्य जो एक हिंसक पशु है इस अँधेरे में, इन कँटीली झाड़ियों में छिपा बैठा भागते जंगल के साथ–साथ उनके पीछे आ रहा है। छलाँग लगाने में अपने–अपने अंग–प्रत्यंग को कस लिया है। जंगल से वे हार गये हैं। अपने सारे पेड़ों सहित जंगल उनकी पीठ के पास पहुँच गया है। अँधेरे में छिपा बैठा वह पशु छलाँग लगाता है तथा अपने तेज़ नाख़ूनवाले पंजे उनके कन्धों में गड़ा देता है और उनके भागते शरीर के साथ लटक जाता है।

वह असहाय होकर संघर्ष करना बन्द कर देते हैं। सत्य का पहला छोटा–सा रूप डेवलेप होकर सामने आता है।

वे और सुनीता बाहर लॉन में बैठे हैं। विनय सवेरे–सवेरे बैडमिंटन खेलने के लिए पहुँचता है। आंटी को बुलाने अन्दर जाता है।

वे अचानक आँख उठाकर मकान की ओर देखते हैं। भ्रम होता है। खिड़की के काँच से दो शरीर आपस में लिपटे–से लग रहे हैं। फिर वे अपनी कमज़ोर आँखों को दोष देकर उस दृश्य को उसी क्षण बीच में ही काट डालते हैं।

दोनों बाहर आते हैं। विनय की सफ़ेद जर्सी पर गले के पास जो छोटा–सा लाल दाग़ था, वह आज डेवलेप होकर कितना बड़ा हो गया है। उसके रंग की शेड पत्नी के होंठों पर लगी लिपस्टिक से मिल रही है।

खेलते समय किसी वनपशु की तरह विनय का तना हुआ इकहरा शरीर और नंगी तलवारों की तरह कौंधती हुई पत्नी की सुडौल टाँगें। फिर ये चित्र फ़ेड होने लगते हैं।

सुनीता ने अवश्य इससे भी भयानक कोई दृश्य देखा होगा, नहीं तो एक मासूम बच्चे की तरह सुन्दर तथा कोमल उनकी बेटी का चेहरा उस क्षण विकृत तथा कुरूप क्योंकर हो सकता है, जब उसकी माँ ने उसे छुआ था...

धीरे–धीरे सारी शक्तियाँ तथा सिद्धियाँ उनकी आत्मा से बाहर निकलती जा रही हैं। उन्हें लग रहा है, उनकी आत्मा में छोटे–छोटे असंख्य घाव हो गये हैं, जिनमें से रक्त टपक रहा है। उन्हें अब पता चला है कि इन शक्तियों को प्राप्त करने के लिए वे साधना क्यों करते रहे हैं। वे दूसरों की आत्मा में जासूसों की तरह छुपकर प्रवेश करते रहे, सत्य तलाशते रहे, उन्हें दण्डित करते रहे क्योंकि वे अपनी आत्मा में नहीं झाँकना चाहते थे। सत्य जो पि. छले एक वर्ष से नहीं अपितु विवाहित जीवन के कई वर्षों से उनके अन्दर बैठा हुआ था, उसे न देखना चाहते थे, अस्वीकारना चाहते थे।

जितने भी हत्यारों को उन्होंने प्राणदण्ड दिया है, इस समय वे सब मिलकर उनकी खण्डित आत्मा में आ बैठे हैं। उन्होंने सैकड़ों बार इन हत्यारों के माध्यम से अपनी पत्नी की हत्या की है, उसे प्राणदण्ड देने का सुखद काम किया है परन्तु वह इतने अपराध करने के पश्चात् आज जीवित है। हालाँकि घर के अन्दर एक रिवॉल्वर पड़ा है जिसमें सात गोलियाँ आती हैं। मारने के लिए एक–दो गोली काफ़ी है परन्तु वे तो सभ्य हैं, न्यायाधीश हैं, ऐसा अपराध क्योंकर कर सकते हैं।

बाहर बहुत ज़ोर का शोर हो रहा है। वे बरामदे में आते हैं। 'हैमलेट' पढ़ती हुई सुनीता का छोटा–सा दृश्य पल भर के लिए मन में कौंध जाता है।

वे आँख उठाकर ऊपर देखते हैं। पक्षियों के वापस लौटने का समय है। बिजली के तार से छूकर एक कौवा मर गया है तथा तार के साथ ही उसका मृत शरीर उल्टा लटक रहा है। सैकड़ों कौवे बड़ी भयानक तथा कर्कश आवाज़ों के साथ इस मृत शरीर के आसपास छोटे–छोटे गोल दायरों में उड़ रहे हैं। वे दृश्य के साथ बँध जाते हैं।

फिर उस अँधेरा फैला रहे उजाले में उन्हें आभास होता है, स्पष्ट पता चल जाता है कि वह मृत पक्षी कौवा नहीं, स्वयं उनकी आत्मा है, जो मरने के पश्चात् उल्टी लटक गयी है। उसके शरीर के पास कान–फोड़ कर्कश आवाज़ें करते जो उड़ रहे हैं, वे कौवे तो नहीं परन्तु सैकड़ों हज़ारों प्रेतनियाँ, चाण्डालनियाँ, डाकनियाँ तथा प्रेतात्मायें हैं जिन्हें उन्होंने सिद्ध किया था, जो उनकी आतमा के द्वारों पर पहरा देती थीं, उनकी रक्षा करती थीं। आज उसी आत्मा की मृत्यु के अवसर पर बाहर निकल आयी हैं। अपनी लपलपाती रक्त सनी भयानक जिह्वाएँ बाहर निकलकर, हाथों के खप्पर फैलाये, रक्त की पुकार मचाये तथा काले लबादे ओढ़कर इनकी आत्मा का मातम मना रही हैं, स्यापा कर रही हैं। अब उस मरे हुए पक्षी की तरह आजीवन उनकी मृत आत्मा उल्टी लटकी रहेगी और माया इन भयानक रूपों को धारण करके सदा हाहाकार करती रहेगी।

क्योंकि हवा पढ़ नहीं सकती

अभी–अभी लाउडस्पीकर पर बताया गया है कि गाड़ी लगभग दो घण्टे लेट हो जायेगी। पास ही खड़े एक सैनिक अफ़सर ने बताया कि रास्ते में बड़े–बड़े स्टेशनों पर जनता इन लोगों के स्वागत के लिए इकट्ठा हो गयी है। इसलिए यहाँ पहुँचते–पहुँचते इतनी देर हो जाना तो नेचुरल है। उसे इस बात से कोई परेशानी नहीं हुई। गाड़ी चाहे जितनी लेट हो जाये, उसे क्या? जिसने आना है, वह इस गाड़ी में तो है ही नहीं। उसने स्वेटर बुनना बन्द कर दिया, फिर उसे प्लास्टिक के लिफ़ाफ़े में डाल दिया। जनवरी की निर्दय, क्रूर हवा बेरोक–टोक चल रही है। इतनी सारी भीड़ ने कई कागज़, ख़ाली लिफ़ाफ़े प्लेटफ़ॉर्म पर फेंक दिये हैं। हवा उन्हें बड़े नियमित तरीके से एक से दूसरी ओर उड़ाये लिये जा रही है। आगे–आगे दौड़ते हुए कागज़ और सिर धुनते लिफ़ाफ़े और उनके पीछे लगी जनवरी की निर्दय और क्रूर हवा।

सेनावालों ने प्लेटफ़ॉर्म के सिरे पर काफ़ी लम्बा–चौड़ा शामियाना लगाया हुआ है। लोगों को मुफ़्त चाय और बच्चों को खाने की छोटी–मोटी चीज़ें बँट रही हैं। वह इतनी देर से अकेली खड़ी है। सब आते–जाते लोग उसे देखते हैं, पल–भर थमते हैं; सोचते हैं–उससे बात करें, उसकी आँखों में बात करने का कोई संकेत नहीं मिलता, फिर चेहरों पर सहानुभूति बिछलाते हुए आगे बढ़ जाते हैं। वह सोचती है–क्या उसे उत्सुक होने के, ख़ुश दिखने के भाव चेहरे पर लाने चाहिए! फिर मन के अन्दर जो सत्य है, सत्य का ज्ञान है, वह बरजता है, समझाता है–ऐसा मत करो, अब यहाँ कोई नहीं, कोई नहीं आयेगा।

उसे लगता है, पास आकर कोई ठहर गया है। दो छोटी–सी लड़कियाँ उसके पास आकर थम गयी हैं। दोनों ने सिर पर लाल रंग की, ऊन की बनी टोपियाँ पहन रखी हैं। ठण्डी हवा लगने की वज़ह से उनके चेहरे

बहुत लाल दिखायी दे रहे हैं। दोनों उसे देख रही हैं। वह जवाब में मुस्करा तक नहीं सकती। लड़कियाँ थोड़ा डर गयी हैं। वे इस बात की अभ्यस्त दिखती हैं कि जो कोई भी उन्हें देखे, वह मुस्कराये, प्यार करे! उसे लगता है, दोनों जुड़वा हैं। तभी एक लड़की पापकॉर्न का लिफ़ाफ़ा आगे बढ़ाकर, बड़े ठीक ढंग से अंग्रेजी में कहती है, "हैव सम।" पहले वह सोचती है इनकार कर दे, फिर दो लम्बी उँगलियाँ अन्दर डालकर, एक दाना निकालकर मुट्ठी में दबा लेती है। लड़कियाँ थोड़ी आश्वस्त लगती हैं। फिर एक बोलती है, "प्लीज़ टेक इट। इट इज़ स्टिल वार्म।"

वह मुट्ठी में बन्द दाना मुँह में डाल लेती है। इनकार नहीं कर पाती। इन बच्चों को क्या पता कि जनवरी की हवा बड़ी निर्दय है, उससे क्या कुछ कहे जा रही है, साँय–साँय करके सत्य की गेंद को, उसकी ओर उछाले जा रही है। 'इसे पकड़ो, इसे पकड़ो, यह सच है', और वह थोड़ा–सा परे हट जाती रही है। पिछले एक साल से इस गेंद को पकड़ने से इनकारती रही है। तभी उन बच्चियों की माँ पास आ जाती है, "आपको ये दोनों परेशान तो नहीं कर रहीं?"

वह सिर हिला देती है। उस औरत के चेहरे से उछल–उछलकर शब्द जैसे बिखर रहे हैं, 'कोई आ रहा है, कोई आ रहा है।'

"इनके पिता आ रहे हैं। फ्लाइट लेफ़्टिंटनेंट हैं। युद्ध के आख़िरी दिन उनका विमान क्रैश कर गया था। रावलपिण्डी के रेलवे–यार्ड पर आक्रमण कर रहे थे। रैडक्रॉसवालों ने मुझे सूचित किया है कि उनकी दोनों टाँगें टूट गयी हैं। वैसे ठीक जुड़ गयी हैं। पता लगा है, बस थोड़ा–सा लँगड़ाकर चलते हैं!"

वह बात सुनकर आगे बढ़ जाती है। प्लेटफ़ॉर्म के एक सिरे पर भीड़ से परे खड़ी हो जाती है। अब उसने फिर से प्लास्टिक के लिफ़ाफ़े में से स्वेटर निकाल लिया है। वह हवा की विरोधी दिशा में खड़ी है। जनवरी की निर्दय हवा का रेला सत्य की गेंद को उछालता हुआ बड़ी तेज़ी से उसकी ओर बढ़ रहा है। 'कोई नहीं आ रहा, कोई नहीं आ रहा' का हाहाकार करती हुई गेंद उसके पास से गुज़र जाना चाहती है। अचानक उसकी आत्मा में से दो लम्बे हाथ बाहर निकले, आगे लपके और उन्होंने इस गेंद को झपटकर पकड़ ही लिया। हवा उसके पास से गुज़र गयी। वह जानती है, अब इसी क्षण, हवा के साथ यह आँख–मिचौली का खेल ख़त्म हो गया। उसने हवा को मात दे दी, हरा दिया।

झाड़ियों के पीछे छिपी–बैठीं स्मृतियाँ उछल–उछलकर बाहर निकल रही हैं, सामने आ रही हैं। अन्दर जो जंगल उग आया है, उसमें व्याप्त जो अन्धकार है, उसे अपने लम्बे–लम्बे नाख़ूनों से झाड़ियों से बाहर निकल आये जानवर तहस–नहस कर रहे हैं, फाड़े डाल रहे हैं और अचानक अँधेरे की बनी खिड़कियाँ, दरवाज़े, रोशनदान अड़–अड़ाकर गिये गये हैं, चूर–चूर हो गये हैं। झाड़ियों के पीछे छिपे जानवर इन खिड़कियों से, रोशनदानों से, दोनों दरवाज़ों से बाहर भागे जा रहे हैं। अँधेरा–महल ख़ाली कर रहे हैं। जंग लगे स्प्रिंग की शक्ति छिन गयी है, उसका हुक टूट गया है। झाड़ी से निकला पहला जानवर उसे क्षणांश के लिए घूरता है और छोटी–सी छलाँग लगाकर आगे बढ़ जाता है।

डॉक्टरी पास करने के बाद उनकी इस गाँव में नौकरी लगी थी। छोटा–सा अस्पताल खोला गया था और यहाँ आने वाली वह पहली डॉक्टर थी। सरकारी जीप में से उसका सामान निकालकर बाहर रखा गया था तो थोड़ी देर के बाद ही गाँव की औरतें उसे देखने के लिए वहाँ पहुँच गयीं। कितने हाथों ने कुछ समय में ही उसका सामान ठीक से अन्दर लगा दिया। बड़े–से घेरे की सुत्थन पहने एक बुज़ुर्ग औरत ने उसे प्यार से छूते हुए ऊँची आवाज़ में सब औरतों को, जिन्होंने रंग–बिरंगी सलवारें पहन रखी थीं, बताया था, "क्यों जी अपनी डाक्टरणीं ते बहुत सोंहणी हैं।"

सब औरतों ने एक–दूसरे को कुहनियाँ मारकर इस बात को 'ठीक' कहा, खिल–खिलाकर हँस पड़ीं। उसे पता चल गया, इस गाँव में अब उसे कोई तकलीफ़ न होगी। इस प्रदेश में औरत का सोंहण होना, सुन्दर होना, सबसे बड़ा गुण है, बाक़ी बातें बाद की हैं। उसने तब स्टोव निकालकर बाहर रखा था। चाय बनाना चाहती थी। तभी बड़ी–सी सुत्थनवाली बुज़ुर्ग औरत, जो बाक़ी सबकी मुखिया थी, जरा तेज़ स्वर में बोली थी, "हैं, हैं। क्या करती है। तू अब रोटी–शोटी पकाने के चक्कर में मत पड़ना। यह सरदारों का गाँव है। यहाँ रोटी की कमी नहीं। तुझे बना–बनाया खाना रोज़ मिलेगा। हाय, हाय, देखो नी, यह मुलायम हाथ चूल्हा–चौका करेंगे!"

उस बूढ़ी ने उसके हाथ पकड़कर सबको दिखाये, औरतों ने फिर एक–दूसरे को कुहनियाँ मारी थीं, खिल–खिला कर हँसी थीं और इतनी नंगी तारीफ़ सुनकर वह परेशान हो गयी थी।

शाम को वह बाहर बरामदे में बैठी थी। सामने के आँगन में कँटीली झाड़ियाँ और जंगली घास के फैलाव को देख रही थी। तभी गाँव के मर्द खेतों से लौटकर उससे मिलने आये। लम्बी दाढ़ीवाले सरपंच ने उसके सिर पर प्यार से हाथ फेरा और फिर एक ने अन्दर से चारपाई निकालकर बाहर बिछा दी। सब मर्द जो पंचायत के सदस्य थे, अपने तहमत सँभालकर बैठ गये। तब सरपंच ने पूछा था, "क्यों, बीबाँ, किसी चीज़ की लोड़ तो नहीं?"

"नहीं, सरदार जी।"

"ओये, यह सरदार जी क्या हुआ। सीधी तरह से चाचा बोल।"

बाक़ी मर्द 'ठीक है, ठीक है', कहकर हँस पड़े थे।

तब उसने अपने नये चाचा जी को बताया कि उसे फूल बहुत अच्छे लगते हैं। सामने की झाड़ियाँ और घास कटवाकर अगर साफ़ करवा दी जाये तो वह शहर से फूलों के पौधे मँगवाकर लगवा लेगी। तब चाचा जी ने उसे डाँटकर बताया था कि वह क्यों शहर से फूल मँगवायेगी। वे ख़ुद पौधे मँगवाकर लगा देंगे।

और दूसरे दिन ट्रैक्टर मँगवाकर वह आँगन साफ़ करवा दिया गया, ज़मीन में हल लग गया, वह हमवार कर दी गयी और चाचा जी ने अपने हाथों से छोटे–छोटे पौधे क्यारियों में लगा दिये। वह रात को सोयी तो सोचती रही कि पौधे कब बड़े होंगे, फूल कब लगेंगे! लेकिन नहीं, सुबह उठी तो देखा कि सारी क्यारियाँ तहस–नहस हैं, रात को शायद कुछ आवारा पशु छोटे–छोटे पौधे खा गये थे। वह दौड़ती हुई चाचा जी के घर गयी। सब–कुछ बताया। चाचा जी ने उसी शाम ट्रैक्टर भेजकर दो मील दूर शहर से कँटीले तार मँगवाये और आँगन के चारों ओर रात को उस तार की बांउंड्री लग गयी। गाँव के बढ़ई ने एक छोटा–सा गेट भी लगा दिया। चाचा ने अपने हाथों से फिर पौधे लगा दिये।

एक महीने के अन्दर ही रंग–बिरंगे, छोटे–छोटे फूल निकल आये। सारा आँगन जगमगा गया। औरतें पूजा के लिए फूल उससे माँगकर ले जाती हैं तो तोड़कर देते हुए उसका दिल दहल जाता है। फिर एक दिन उसने नोट किया कि रात को बहुत–से फूल ग़ायब हो जाते हैं। चाचा जी को बताया। वे समझ गये–बच्चों की शरारत है। उन्होंने गाँव के मिडिल स्कूल के हेडमास्टर से रात को बातचीत की। सुबह स्कूल में प्रार्थना के समय उस पहलवान की तरह स्वस्थ हेडमास्टर ने अपनी दाढ़ी पर हाथ

फेरते हुए घोषणा की थी कि जो लड़का डॉक्टरनी के फूल तोड़ेगा, उसे सारा दिन स्कूल में मुर्गा बनाकर खड़ा किया जायेगा। फिर अपने हाथों से, बड़ी सुन्दर और ख़ुशख़त हिन्दी–पंजाबी में छोटा–सा बोर्ड लिखा, "यहाँ फूल तोड़ना मना है।" और उसे डाक्टरनी के आँगन में बिल्कुल फूलों के बीच एक ऊँचे डण्डे पर कीलों से जड़कर लगा दिया। अब हर दिन, हर महीने उसके आँगन में बसन्त रहता है। बाहर गाँव में, खेतों में चाहे पतझड़ फैल रहा हो, चाहे जाड़ों की बेरहम हवा...

स्टेशन पर लगे लाउडस्पीकर पर फिर से घोषणा हो रही है कि गाड़ी एक घण्टे में पहुँच जायेगी। वह सत्य की गेंद को कसकर मुट्ठी में पकड़े हुए है। दूसरी झाड़ी के पीछे से फिर एक छोटा–सा जानवर बाहर झाँकता है, पल–भर उसकी आँखों में आँखें डालकर देखता है और अँधेरे जंगल में से बाहर निकल जाता है। खिड़की के रास्ते बाहर कूदा है न, उसके पट अब भी हिल रहे हैं।

उस शाम बड़े ज़ोर की बारिश हो रही थी। अक्टूबर के महीने में बादलों के कारण इस अचानक वर्षा से अँधेरे की चादर उसकी छत पर, आँगन पर और सारे गाँव में फैल गयी थी। बरामदे की रोशनी जलती छोड़कर वह अन्दर कम्बल लपेटे कविताएँ पढ़ रही थी। अचानक बाहर का गेट खुलने की आवाज़ आयी। फिर बड़ी ज़ोर से नीचे ज़मीन पर कुछ गिरा। वह बाहर निकली। गेट के पास फूलों वाली क्यारी में एक मोटरसाइकिल गिरी हुई है। कोई उसे उठाकर सीधा करने की कोशिश कर रहा है। पहला एहसास उसे यही हुआ कि मोटरसाइकिल के नीचे दबकर फूलों के सारे पौधे टूट गये होंगे। उसे आँगन में आया देखकर उस आदमी ने मोटरसाइकिल वहीं छोड़ दी और लम्बे क़दम भरता हुआ उसके पास आ गया, "गुड ईवनिंग! आर यू ए डॉक्टर?"

उसने 'हाँ' में सर हिलाया। वह उस आदमी की छाती तक पहुँच रही है, वह कितना लम्बा है। चेहरे पर दाढ़ी है जो काटकर छोटी की हुई है। वर्षा के कारण सर के बाल माथे पर चिपक आये हैं। वह सिहर गयी। डाकू! फिर अपनी बेवक़ूफ़ी पर हैरान हुई है। डाकू कहीं सरेशाम, अकेले मोटरसाइकिल पर आते हैं! वह अब भी दब गये, टूटे हुए पौधों को देख रही है।

"मेरा नाम रंजीत है। जी.टी. रोड पर मोटरसाइकिल फिसल गयी। शायद इसके गियर का तार भी टूट गया है। पता चला, यहाँ गाँव में एक डॉक्टर है। मोटरसाइकिल धकेलकर यहाँ लाया हूँ। शायद घुटने पर चोट आ गयी है।"

उसने साथवाले कमरे की डिस्पेंसरी खोली। वह लँगड़ाता हुआ आगे बढ़कर कुर्सी पर बैठ गया। रंजीत ने जींस पहन रखी है। बहुत तंग है। वह उन्हें टाँगों पर से ऊपर चढ़ाने की कोशिश कर रही है ताकि घुटना नंगा हो सके। लेकिन जींस आधी टाँगों से ऊपर नहीं चढ़ रही है। उसने झुँझलाकर कहा, "जींस उतार दो। तभी मैं घुटने को देख सकती हूँ।"

"नहीं, जींस नहीं उतार सकता। मैंने नीचे अंडरवियर नहीं पहन रखा।"

उसे लगा कि उसके चेहरे पर की दाढ़ी में कोई छोटी–सी मुस्कान कौंधी, फिर छिप गयी। उसे गुस्सा आ गया, "मुझे इस तरह के घटिया मज़ाक बिल्कुल पसन्द नहीं!"

उस आदमी का चेहरा तन गया है। बड़ी–बड़ी आँखें पूरी खोलकर उसे देख रहा है। फिर धीमी और कठोर आवाज़ में बोला "डोंट बी ए फूल, डॉक्टर। मैंने सचमुच अंडरवियर नहीं पहना हुआ है।"

फिर रंजीत ने पास पड़ी कैंची उठाकर घुटनों से जरा ऊपर जींस काट दी। घुटना बहुत सूज गया है। ज़रूर फ्रेक्चर है। उसने छुआ तो एक झटके के साथ रंजीत ने टाँग पीछे खींच ली। वह जानती है कि हड्डी टूट जाये तो छूने–भर से कितना दर्द होता है। अब वह डर गयी है। फ्रैक्चर का कोई केस उसने अभी तक नहीं किया। कोई बड़ी चोट लग जाये तो शहर के अस्पताल में वह मरीज़ों को भेज देती है।

रंजीत उसकी परेशानी समझ लेता है, "आप क्या मिलिट्री हॉस्पिटल में फ़ोन कर सकती हैं? वे लोग एम्बुलेंस भेज देंगे।"

"पर गाँव में तो टेलीफ़ोन है ही नहीं।"

"हार्ड लक। देन यू कैन डू योर बेस्ट।"

उसने अल्मारी खोलकर प्लास्टर की पट्टियाँ निकालीं, फिर उन्हें पानी में डाल दिया। फिर उसे ख़याल आया कि थोड़ी देर के लिए बेहोश कर देने वाला टीका तो डिस्पेंसरी में है ही नहीं। ऐसे इंजेक्शन की ज़रूरत तो कभी पड़ी ही नहीं। इसी बीच रंजीत ने उसे बताया कि वह कैप्टन है। साथ की छावनी में ही उसकी यूनिट है। राधा ने उसे टीका न होने

की बात बतायी। रंजीत ने पूछा कि क्या टीके के बिना बहुत दर्द होगा? उसने बताया कि बोन सैट करते समय असहनीय पीड़ा होती है। तब रंजीत ने उसका नाम पूछा।

"राधा।"

उसने कहा, "अच्छा नाम है।" फिर वह बोला, "डॉक्टर राधा, आप बोन सैट कर दें। दर्द की चिन्ता मत करें।"

यह सोचकर उसे अजीब लग रहा है कि मरीज़ डॉक्टर को हौसला दे रहा है। उसने धीरे–धीरे घुटने पर उँगलियाँ फेरनी शुरू कर दीं। रंजीत के शरीर में फैलती दर्द की सनसनाहट को उसकी उँगलियाँ महसूस कर रही है। वह ज़ोर से आँखें बँद किये, कुर्सी के साथ सिर लगाकर तनकर बैठा हुआ है। उसकी उँगलियों ने टूटी हुई बोन को महसूस कर लिया है, तलाश लिया है। अब वह उँगलियों से दबाकर बोन सैट कर देती है। रंजीत के चेहरे पर पानी की बूँदें चमक रही हैं, बारिश का पानी है या दर्द का पसीना। उसने आसपास देखा। तौलिया नहीं है। राधा ने अपनी बाँह पर पड़े साड़ी के पल्लू से उसका पसीना पोंछ दिया। अब वह उसे बातों में लगाना चाहती है।

"कैप्टन, आपको फूल अच्छे लगते हैं?"

"नहीं। इस बारे में सोचने की कभी फुर्सत ही नहीं मिली। आप जानती हैं हम लोग तो बड़े रफ़ होते..."

कैप्टन के वाक्य पूरा करने से पहले ही उसने घुटने की बोन को दबा दिया। हल्की–सी थर्राहट उसने उँगलियों में महसूस की। बोन सैट हो गयी। रंजीत का पंजा उसकी बाँह में खुभता जा रहा है, खुभता जा रहा है।

"डैम यू डॉक्टर, डैम यू।" रंजीत की उँगलियों की पकड़ ढीली पड़ रही है, उसकी बाँह में ख़ून का दौरा जो क्षण–भर के लिए थम गया था, फिर से शुरू हो गया है।

वह बहुत फुर्ती से भीगी हुई पट्टियाँ निकालकर उसके घुटने पर प्लास्टर कर देती है। अब रंजीत के शरीर में दर्द की लहरें दौड़ना कम हो गयी हैं। वह राधा से माफ़ी माँगता है, इतने अशिष्ट और कठोर शब्द बोलने के लिए। राधा ने बिल्कुल बुरा नहीं माना है। वह चाय बनाकर ले आती है।

"कैप्टन, आपका आज ही अस्पताल पहुँचना ज़रूरी है। एक्सरे एकदम होना चाहिए, पता नहीं बोन ठीक से जुड़ी है या नहीं!"

रंजीत कहता है कि 'ठीक है।'

उसे ख़ुशी होती है कि कैप्टन ने किसी तरह की कोई भावुक बात नहीं की, उसके काम पर तारीफ़ के रिमार्क नहीं दिये। उसने शॉल ओढ़ी और चाचा जी को बुला लायी।

चाचा जी ने उसी समय शहर के फ़ौजी अस्पताल में ख़बर करने के लिए आदमी भेज दिया। ख़ुद रंजीत के पास बैठ गये, बोले, "पुत्तर, बिल्कुल फिकर न कर। हमारी डॉक्टर बीबाँ ने तेरा घुटना ठीक जोड़ा है। बड़ी समझदार है।"

फिर उन्होंने रंजीत से पूछा कि उसकी कौन–सी रेजिमेंट है? क्या करता है?' रंजीत ने बताया कि वह पैराट्रूपर है।

चाचा जी के चेहरे पर न समझने वाला भाव है। रंजीत ने समझाया कि वह छतरियों के द्वारा हवाई जहाज़ से कूदता है। युद्ध के दिनों में शत्रु के क्षेत्र में कूदकर वे सैनिक हलचल की टोह लेते हैं।

चाचा जी ने कहा, "शायद लड़ाई जल्दी लग जायेगी। इतने सारे रफूजी यहाँ आ गये हैं। क्या करें। लड़ाई तो होनी ही है। पर कोई चिन्ता नहीं। वाहे गुरु सच का साथ देता है।"

फ़ौजी अस्पताल से एम्बुलेंस पहुँच गयी है। सैनिक अर्दली बड़ी मुस्तैदी से उसे स्ट्रेचर पर डालते हैं; उठाते हैं, बाहर खड़ी एम्बुलेंस में उसे लिटा देते हैं। रंजीत राधा से कहता है, "राधा, मुझे देखने आना। अस्पताल में पता चलेगा कि तुम इतनी बीबाँ डॉक्टर हो, जितनी तुम्हारे चाचा कहते हैं।"

दूसरे दिन वह अस्पताल गयी। पता नहीं रंजीत को देखने अथवा बोन सैट करने के परिणाम को जानने के लिए।

बोन स्पेशलिस्ट मेज़र ने उसे बधाई दी। बोन बिल्कुल ठीक सैट हुई है। फिर उन्होंने कहा कि रंजीत 'लकी बास्टर्ड' है। यह बात उन्होंने राधा को देखकर कही या बोन ठीक जुड़ने पर, वह इसे समझ न पायी। अब वह रोज़ शाम को उसे अस्पताल देखने जाती है। रंजीत का सैनिक अर्दली उसकी क्यारी में फूलों के नये पौधे लगा गया है। फिर उसने माँ को पत्र लिखकर बुलाया। रंजीत ने मिलवाया। तीन हफ़्तों के बाद रंजीत का प्लास्टर खुल गया। वह गाँव आया। चाचा जी के घर में ही रंजीत और राधा की मँगनी हुई। राधा के पिता नहीं हैं इसलिए चाचा जी अब बापू बन गये हैं। उन्होंने राधा को कठोर हिदायत दी है कि आगे से वह बापू कहकर पुकारा करे...

लाउडस्पीकर पर घोषणा हो रही है। गाड़ी आधे घण्टे में पहुँच रही है। हवा अब उसके पास नहीं आ रही है, क्योंकि अब राधा उससे डरती नहीं है। अन्दर जो अँधेरा–महल है उसमें हलचल हो रही है। अँधेरे के वासी उसकी आत्मा को मुक्त कर रहे हैं, बाहर निकल रहे हैं...

युद्ध आरम्भ हो चुका है। रंजीत फ्रंट पर चला गया है। अब रात को राधा बापू के घर ही सोती है। बापू उनकी पत्नी और वह ट्रांजिस्टर के पास ही बैठे रहते हैं। वह तेरह दिसम्बर की रात थी। वे शत्रु रेडियो–स्टेशन पर समाचार सुन रहे थे। घोषणा हो रही है। कैप्टन रंजीत और उसके साथी लेफ्टिनेंट गिल युद्धबन्दी बना लिए गये हैं। वह उठ जाती है।

वह मुँह पर रजाई ओढ़कर लेटी है। बापू पास चारपाई पर बैठे हैं। वे उसके आँसुओं से धुले चेहरे पर हाथ फेर रहे हैं, "न रो पुत्तर, न रो। सब ठीक हो जायेगा। लड़ाई बन्द होगी। रंजीत वापस आ जायेगा।"

अब वह सारा दिन ट्रांजिस्टर के पास बैठती है। दूसरे दिन पाक रेडियो पर समाचार आता है कि कैप्टन रंजीत पकड़ते हुए ज़ख़्मी हो गया था, वह मर गया है। उसके युद्धबन्दी बनने का समाचार ग़लत था। बापू ट्रांजिस्टर बन्द कर देते हैं। उनकी लम्बी सफ़ेद दाढ़ी आँसुओं से भीग गयी है। वह राधा को बाँहों में भरकर ज़ोर–ज़ोर से रो रहे हैं। लेकिन राधा चुप है। रंजीत के मरने की ख़बर ग़लत है। अभी कल ही तो उसके युद्धबन्दी बनने का समाचार आया था।

बापू ने घर पर अखण्ड पाठ रखवा दिया है। सारा दिन गुरुग्रन्थ साहब पढ़ा जाता है। सफ़ेद कपड़े पहने, सिरों पर दुपट्टे ओढ़, आँखें बन्द किये गाँव की औरतें सिर झुकाये बापू के घर बैठी रहती है। राधा दिन को अस्पताल में काम करती है। फूलों की देखभाल भी बदस्तूर जारी है। रंजीत की रेजिमेंट के कर्नल का शोक–पत्र भी आ गया है। लेकिन वह जानती है कि रंजीत मरा नहीं है। युद्धबन्दी हो गया है। उसने अन्तरराष्ट्रीय रेडक्रासवालों को पत्र लिखे। जवाब आया कि उन्होंने सारे युद्ध–बन्दी शिविरों से पता लगा लिया है, कैप्टन रंजीत कहीं नहीं है। 'ही मस्ट बी डैड।'

गाँव में मौसम बदलते रहे, पतझड़ आता रहा। लेकिन राधा के आँगन में सारे साल वसन्त चहलकदमी करता रहा, फूल खिलते रहे, पतझड़ से बेख़बर।

आज युद्धबन्दी लौट रहे हैं। वह दिल्ली स्टेशन पर आयी है। अपनी आँखों से देखेगी चाहे कल अख़बार में लौटने वालों की जो सूची छपी थी, उसमें रंजीत का नाम नहीं था। लेकिन लेफ्टीनेंट गिल लौट रहा है। वह रंजीत के साथ पकड़ा गया था। कुछ बतायेगा। वह उसे जानती है। रंजीत के साथ एक बार गाँव आया था।

...गाड़ी स्टेशन पर पहुँच गयी है। भीड़ की प्रतीक्षा का बाँध टूट गया है। लोग गाड़ी के साथ–साथ दौड़ रहे हैं। खिड़कियों से चेहरे बाहर झाँक रहे हैं। हाथ हिल रहे हैं। वह अपने स्थान पर खड़ी है। उसे पता है, 'इस गाड़ी से कोई नहीं, कोई नहीं आयेगा।' थोड़ी देर के बाद उसे लगता है कि कोई पास आकर रुक गया है। वह सर उठाकर देखती है। एक आँख कपड़े के काले टुकड़े से ढँकी हुई है।

"आपने पहचाना नहीं। मैं गिल हूँ। आँख में गोली लग गयी थी, इसलिए आयी–पैच लगा रखा है।"

गिल उसे बाँह थामकर फर्स्ट–क्लास के वेटिंग–रूम में ले आया है। वेटिंग–रूम बिल्कुल ख़ाली है। वह रंजीत के बारे में पूछती है। गिल बताता है कि पहले दिन की घोषणा ठीक थी, वह और रंजीत दोनों शत्रु की सीमा में घायल होकर पकड़े गये थे।

"फिर रंजीत लौटा क्यों नहीं?"

गिल चुप है।

वह कठोर आवाज़ में कहती है, "लेफ्टीनेंट गिल, मैं सच बात जानना चाहती हूँ, प्लीज़।"

गिल बोलना शुरू करता है। शब्द उसके मुँह से निकलते हैं। बाहर आते ही ये शब्द छोटी–छोटी आकृतिगाँ, आकार धारण कर लेते हैं। वे शब्द रंजीत की, गिल की, शत्रु–सेना की और संगीनधारी शत्रु हवलदार की आकृतियों में बदल जाते हैं। शत्रु मेज़र इनसे पूछताछ कर रहा है। इंटेलीजेंस का मेज़र है। भारतीय सेना की गतिविधि जानना चाहता है। दोनों अपना नाम और नम्बर बताने के बाद किसी भी सवाल का जवाब देने से इनकार कर रहे हैं। मेज़र दो घण्टे से इनसे सवाल कर रहा है। पिछले दो घण्टों से वे दोनों चुप हैं। गिल की आँख फूट गयी है। उस पर ख़ून जम गया है। रंजीत की दोनों टाँगें ग्रेनेड से जख़्मी हो गयी हैं। वह उठकर खड़ा नहीं हो सकता। मेज़र को अब गुस्सा आ रहा है। वह

हवलदार को कुछ संकेत करता है और हवलदार आगे बढ़कर संगीन की नोक हल्के से गिल की घायल आँख में चुभो देता है। एक चीख़ बुलन्द होती है।

"नो, यू कांट डू दिस।" रंजीत में पता नहीं कहाँ से ताक़त आ गयी है। वह खड़ा हो गया है। उसने एक लम्बा क़दम उठाया है, मेज़र के मुँह पर उसका मुक्का पूरे ज़ोर से पड़ा है। मेज़र नीचे गिर गया है, उसके मुँह से ख़ून निकल रहा है। शत्रु हवलदार बिजली की तेज़ी से आगे झपटता है, संगीन चमकती है, ख़च की आवाज़ आती है और संगीन रंजीत की गर्दन के आर–पार हो जाती है। रंजीत वहीं उसी समय मर जाता है। दूसरे दिन इस हत्या पर पर्दा डालने के लिए रेडियो पर उसके घायल होने और मरने का समाचार आता है।

गिल बोलना बन्द कर देता है। शब्द मर जाते हैं। सारी आकृतियाँ, सारे आकार दबे क़दमों से बाहर चले जाते हैं। उसकी आत्मा के दरवाज़े से आख़िरी स्मृति दबे पाँव बाहर निकलती है। अब वहाँ कुछ नहीं, न अँधेरा, न झाड़ियाँ, न यादों के पशु झाड़ियों में छिपे हुए। है तो केवल साफ़–सपाट बेजान उजाला। अँधेरे का जंगल जो एक साल में उग आया था, सब ग़ायब हो गया है...

वह बस से घर लौट आयी है। पहुँचते–पहुँचते रात हो गयी है। वह सीधे अपने घर गयी। बापू से कल मिल लेगी। उसने ताला खोला, अँधेरे ने आगे बढ़कर उसका स्वागत किया। उसने लाइट जला दी, अँधेरा चुपचाप बाहर आँगन में जाकर बैठ गया। वह लेट गयी है। खिड़कियों, दरवाज़ों पर दस्तकें हो रही हैं। तेज़ हवा चल रही है। फिर किसी पूर्व सूचना के बिना ही झटके के साथ बारिश शुरू हो गयी है। बारिश तेज़ है तो हवा उससे भी तेज़। पानी की बौछारों को हवा अपने पंखों पर उठाती है और फिर बड़ी बेरहमी से दीवारों के साथ, दरवाज़ों के साथ, खिड़कियों के साथ पटक देती है। पानी सर धुन रहा है लेकिन हवा बेरहम है। दो घण्टे के बाद वर्षा और हवा का द्वन्द्व–युद्ध कम होता है, कमज़ोर पड़ता है। हवा ने पानी को पछाड़ दिया है।

तभी बाहर का गेट खुलने की आवाज़ आती है। वह झपटकर उठती है। बाहर निकलकर बरामदे की लाइट जलाती है। गेट पर कोई नहीं। हवा जाते–जाते गेट का कुण्डा खोल गयी है। वह चारों तरफ़ देखती है।

हवा ने फूलों के सारे पौधे तहस–नहस कर दिये हैं। छोटे–छोटे पौधे, टहनियाँ ज़मीन पर लेटी हुई हैं। बड़े–से डण्डे पर लगा बोर्ड नीचे गिर गया है जिस पर लिखा हुआ था–'यहाँ फूल तोड़ना मना है।' फूल टूटने पर, तहस–नहस होने पर उसे कोई गुस्सा नहीं आता। हवा बेचारी का क्या कसूर! उसे क्या पता कि यहाँ फूल तोड़ना मना है। यह सूचना और बोर्ड उसके लिए अर्थहीन है क्योंकि हवा पढ़ नहीं सकती।

एक शहर की मौत

बात कब या कैसे शुरू हुई, इस बारे में दोनों में से कोई भी कुछ नहीं जानता, नहीं कह सकता। वह वहाँ अरसे से आ रहा है लेकिन ऐसा कुछ होने की नौबत कभी नहीं आयी। यह और बात है कि पिछले कुछ दिनों से अपनी प्रकृति के विरुद्ध वह कुछ उलझा हुआ–सा था।

अभी आकर उन्होंने बात शुरू ही की थी कि विमल अपने भाई के साथ वहाँ आ गयी। और अब उसे याद आया है कि आज शाम तो इसी के घर जाना था। उसका भाई बाहर से आया है, मिलना चाहता है। विमल ने भाई और मेज़ पर पड़े गिलासों को देखा और उसे निश्चय हो गया है कि अन्य भाइयों की तरह यह सब–कुछ देखकर उसके भाई ने भी उसके विरुद्ध निर्णय ले लिया होगा।

उसके साथ के दोस्त ने सोचा, 'कैसी बड़ी–बड़ी कटावदार आँखें हैं।'

सुनील तो उस मरे–मरे शरीर को तीन साल से देख रहा है, महसूस भी करता रहा है। फिर भी उसे देखते ही पहला विचार मन में यही कौंधता है कि इसे निर्वस्त्र देखा जाय, प्रकृति–नारी के रूप में।

उन दोनों के लिए उसने चाय के लिए वेटर को कहा। 'आपसे मिलकर बड़ी ख़ुशी हुई' आदि निरर्थक बातें उन्होंने एक–दूसरे को कहीं। बड़ी चालाकी से उसके भाई ने आमदनी आदि के बारे में पूछा और वह उसे चकमा देकर बातें टालता गया। उसके भाई की स्थिति बड़ी 'बेचारी' हो गयी थी।

"आप लोग चाय नहीं पियेंगे।" भाई ने पूछा। उसने बड़ी बेबसी से अपने और दोस्त के सामने पड़े गिलासों को देखा। विमल भी बोल पड़ी क्योंकि उसने ज़रूर भाई के आगे उसकी प्रशंसा की होगी, ढेर–की–ढेर और ऐसी अनचाही स्थिति उसकी कल्पना में न आयी होगी।

"नहीं यह चाय कम ही पीते हैं, शाम के समय", उसकी बात में निहित अर्थ को सबने समझ लिया।

वह महसूस कर रहा था कि उसके चुस्त–दुरुस्त शरीर को भाई बड़ी देर से आँखों में तौल रहा था और फिर उसने कह ही डाला,

"आपको तो सेना में जाना चाहिए था, यह पढ़ना–पढ़ाना तो बड़े–बूढ़ों जैसा काम है।"

कुछ और बातों के बाद भाई और विमल उठकर चले गये। शायद भाई की इसी फ़ौज वाली बात से सब–कुछ गड़बड़ा गया। ऐसी बातें प्रायः सब मिलने वाले कहते हैं और उसे हमेशा यह महसूस होता है कि उसके अच्छे शरीर को देखकर शायद सारे उससे जलते हैं और उसकी मृत्यु का षड्यन्त्र रच रहे हैं। और फिर वह छोटी–सी बात भी तो याद आ जाती है जिसने जीवन के प्रति उसे इतना अनासक्त बना दिया। यों तो वह भी सेना में कमीशन प्राप्त करने को परीक्षा में बैठा था। अंग्रेज़ी स्कूलों में पढ़े लड़कों के साथ कितना कठिन मुकाबला था! फिर भी एक साधारण स्थिति के परिवार का होने पर भी चुन लिया गया और अन्त में डॉक्टरी परीक्षा में वह रह गया था। अब तो याद भी नहीं कि डॉक्टर ने दिल के कारण या फेफड़े के कारण सेना के अयोग्य बताया था।

दो वेटर उसकी ओर देखकर आपस में बातें कर रहे हैं। वह जानता है, वह विमल को काली मेमसाहब कहते होंगे, जैसे सब कहते हैं। वह अकेली हो तो साँवली लगती है परन्तु जब सुनील के गोरे–चिट्टे रंग के साथ तुलना की जाये, तो काली हो जाती है।

उसने गिलास उठाकर सारी पी डाली और दोस्त को कहा, "मुझे इस लड़की से नफ़रत है।"

"क्यों? अब क्या हो गया? हमारे रोकने पर भी उसके साथ कितने अरसे से चिपके हुए हो।"

"क्यों क्या? बस है," उसने कहा।

वह कोई बहाना तलाश रहा है कि दोस्त कुछ बोले और वह उस पर बरस पड़े।

अब वह खुद भी तो इस सम्बन्ध के बारे में ईमानदारी से सोचता नहीं है। इस शहर में आया था तो पहले–पहल विमल से ही मुलाक़ात हुई थी। औरतों का परिचय और नैकट्य उसे सदैव सुखदायी लगता रहा है,

इसलिए किसी एक–न–एक को उलझाये रखता है, क्योंकि वह नारीवादी पुरुष है। वह साधारण बातचीत भी करता है तो भी यही ग़लतफ़हमी होती है जैसे किसी त्रासदी का कोई पात्र बोल रहा है। विमल बिना माँ–बाप की लड़की है, ख़ुद ही पढ़ी–लिखी है और वह जानता है कि उसे हाथ से जाने नहीं देना चाहती। लेकिन उसके साथ बाज़ार निकलने से, लोगों के सामने पड़ने से वह हमेशा घबराती है क्योंकि एक बार किसी फंक्शन में कॉलेज के किसी लड़के ने फिकरा कस दिया था, "काली मेम साहेब ने क्या गजब का मर्द फाँसा है।"

दोस्त भी अब पिछले कुछ दिनों से उसके द्वन्द्व का कारण जानने की कोशिश कर रहा है, समझ रहा है। लेकिन सुनील पर विश्वास करना भी तो कठिन है। कुछ दिनों पहले ही तो उसे बताया था, "जानते हो उसे क्या हुआ? कमरे में बैठा था, कुछ सोच भी नहीं रहा था कि लगा मेरे अन्दर कुछ हो गया है। विम्मी की कोई मुद्रा जैसे मुझे जकड़कर बैठ गयी। अपने–आप नफ़रत हो गयी। क्या हम दोनों के बीच बिल्ली चूहे का खेल नहीं चल रहा। साइकिल उठायी और उसके घर की ओर चल पड़ा। जाते दम कह दूँगा मैं तुससे शादी करूँगा, कल ही। लोगों को बकने दो। पर ख़ुदा का शुक्र कि वह घर पर न थी। वर्ना मैं बात कह बैठता, वह हाँ कर देती तो फिर क्या होता? अब ठण्डे दिल से सोचता हूँ तो दहशत छा जाती है। इस काली और घमण्डी लड़की से मेरी शादी?"

बैरा उनके सामने दूसरा पैग रखता है। गिलास मेज़ पर रखते हुए थोड़ी–सी आवाज़ हुई।

"गिलास आराम से रखो। इतना शोर क्यों करते हो।" उसने कुछ कठोर आवाज़ में कहा। बैरा हैरान होकर उसे देखता रहा।– 'यह आज हो क्या गया है?...' दोस्त ने उसे जाने का इशारा किया।

"अच्छा तो तुम मानते नहीं कि मैं अब विम्मी से नफ़रत करता हूँ। जानते हो उसका भाई मुझे सेना में जाने को क्यों कह रहा था? ताकि उसकी बहन अफ़सर की बीवी बने। ऊँह। इस सूरत के साथ ब्याही भी जाये तो ग़नीमत जाने।"

"ठीक है", दोस्त ने कहा।

"क्या ठीक है? वह ठीक है जो उसका भाई कहता है या जो मैं कह रहा हूँ", वह और उलझा।

दोस्त ने चुप रहना ही ठीक समझा। अब यह उससे नफ़रत के बारे में नारे बुलन्द कर रहा है और अगर कोई गहरा दोस्त भी विम्मी के रंग को लेकर मज़ाक तक कर दे तो लड़ने पर उतारू हो जाता है। "क्या काली लड़कियों को जीने का हक नहीं" वग़ैरह भाषण तक दे डालता है। रोशनी के दायरे में कैद तड़पते पशु–सी इसकी स्थिति है जो हिंस्र होते हुए भी असहाय है, बेबस है।

बैरा एक पैग और रख गया। लेकिन वह सफ़ेद कबूतर की तरह दुबके उजले नेपकिन को देख रहा है। मित्र ने गिलासों की ओर संकेत किया। उसने उठाया और एकबारगी ख़त्म कर डाला। मित्र को कुछ अजीब–सा लगा...। 'पहले तो वह बड़े आराम से धीरे–धीरे लिया करता था, लेकिन आज...।'

"देखो यह साथ वाली मेज़ पर बैठे आदमी मुझे घूर क्यों रहे हैं।"

मित्र ने घूमकर देखा। वह लोग चुपचाप पी रहे हैं।

"नहीं तो", उसने कहा।

"तुम बकते हो, डरते हो।"

अब दोस्त को पहली बार शक हुआ कि 'सुनील ठीक से बातें नहीं कर रहा। यह वह उसके साथ इतना सख़्त बर्ताव करके सिद्ध क्या करना चाहता है?' बैरा एक पैग और रख गया।

"यह सादा गिलास क्यों लाये हो।"

"साहब रोज़ इसी में लाता हूँ।"

"रोज़? क्यों लाते हो रोज़। एक ग़लती और उस पर बहस", और उसने भरा हुआ गिलास नीचे फ़र्श पर गिरा दिया। झनझन्न्न्...की आवाज़ कुछ देर हुई। कई गर्दनें हिलीं, उठीं, फिर उसी कोण पर अपने–अपने गिलासों पर झुक गयीं। मित्र अपनी जगह से उठा और उसके पास आ बैठा। उसके कन्धे पर हाथ रख दिया।

"आज तुम्हें क्या हो गया है?"

"कुछ नहीं। अच्छा तुम्हारे पास काले कपड़े हैं?"

"क्यों? उनका क्या होगा?"

"शी... धीमे बोलो। आई एम डैड। कल काले कपड़े पहनकर सोग मनाना।"

मित्र हँस पड़ा, "देखो मरने से पहले आधी बोतल ख़रीदकर मुझे दे छोड़ना। क्योंकि मुझे बड़ा ग़म होगा और तुम भी सोचना—शामिल हुए मेरे जनाज़े में पी के मय, यारों को मेरी मौत का कितना मलाल है।"

सुनील हँस पड़ा, "अरे बको मत। आधी बोतल होगी तो मैं मरूँगा क्यों—कर।"

उसके हँस पड़ने से तनाव की स्थिति समाप्त हो गयी। मित्र आश्वस्त हो गया। सुनील को कुछ भी नहीं हुआ। अभी पी ही क्या है! पहले कई बार इससे दुगुनी पीकर भी नहीं बहका।

अब वह एकदम चुप है। मित्र अपने गिलास की ओर देख रहा है जिसमें बैरा फिर डाल गया है। उसके चेहरे की नसें फिर से खिंच गयी हैं। कान के पास कोई रग लगातार हिल रही है और उसका सुन्दर चेहरा इस तनाव के कारण काफ़ी विकृत हो गया है। उसने गिलास उठाया, पीकर नीचे रखा और मित्र से पूछा, "अच्छा बताओ विम्मी तुमको कैसी लगती है?"

"अच्छी है", दोस्त ने बात टाल जाना ही उचित समझा।

"अच्छी है तो तुम से क्या? तुम समझते हो मैं उसके बिना रह नहीं सकता।"

"चलो छोड़ो भी। कोई और बात करो।"

"छोड़ूँ... क्यों छोड़ूँ। तुम से डरता हूँ क्या। यू गो टू हैल।"

यह 'डर' वह क्यों बार—बार बीच में ला रहा है। ऐसी कौन—सी बात है कि उसे मज़बूर कर रही है कि वह अपने को निडर और निर्भय सिद्ध कर डाले।

किचन के दरवाज़े पर बिल्कुल अँधेरा है। दरवाज़े के पट खुले हैं। सफ़ेद कपड़े पहने एक बैरा उसमें आ ठहरा है। देखकर लगा जैसे किसी बहुत बड़े खुले मुँह में सफ़ेद दाँत उग आया हो।

रिकॉर्ड—प्लेयर पर बड़ी धीमी—धीमी कोई विदेशी धुन बज रही है। लगता है गर्म—गर्म उसाँसों की आवाज़ सारे बड़े कमरे में धीरे—धीरे चहलक़दमी कर रही है।

पिछली बार वह काफ़ी ऊँचा बोला था। बैरे ने 'धीरे से बात करने' की मैनेजर की चिट लाकर दी।

"देखो सुनील, तुम क्या कर रहे हो? कितने लोग देख रहे हैं। सब क्या कहेंगे, क्या सोचते होंगे।"

इस बात का उस पर असर हो गया क्योंकि उसे सदा ही फ़िक्र बनी रहती है कि लोग उसके बारे में अच्छा सोचा करें, उसे सुनायक समझें।

"तुम डरो मत। मुझे कुछ नहीं हुआ। सच कहता हूँ इस लड़की की कहीं शादी हो जाये तो मेरी जान छूटे। कहीं टिकूँ। मैं पहल कर के बुरा नाम नहीं लेना चाहता।"

इतने वर्षों के सम्बन्ध को उस वीर क्षण में बन्दूक उठाकर उसने धाँय से गोली मार दी। कहीं कुछ नहीं हुआ। जैसे सोचा जाता, न वैसी कसक, न पीड़ा।

दोस्त हैरान है। वह कौन–सा सत्य है जिसे छुपाने के लिए सुनील झूठ बोल रहा है। उसकी ज़िन्दगी में कहीं कोई नयी लड़की तो नहीं आ गयी?

"आई वॉण्ट टू फाइट विद सम वन", वह ज़ोर से बोला। उसकी आवाज़ बिल्कुल बदली हुई थी। वह बहुत ज़ोर लगाकर अपनी आँखों को खुला रखने की चेष्टा कर रहा था और यह भ्रम होने लग पड़ा जैसे वह खिंचे नेत्र धनुष की प्रत्यंचा की तरह अभी ही चटककर टूट जायेंगे।

"सुनील", दोस्त ज़ोर से बोला। लेकिन वह तब तक अपनी जगह से उठ चुका था। एक ही डग में पास वाली मेज़ पर पहुँच गया।

वह दोनों आदमी घबरा गये।

"क्या बात है?" उसने पूछा।

"क्यों बात क्या है?" एक आदमी बोला।

"आप हँस क्यों रहे हैं?"

"हम। हम भला क्यों हँसेंगे, और फिर हँसे भी तो आपसे मतलब", दूसरा आदमी, जो कुछ ठीक था, बोला।

"मतलब समझाऊँ! मतलब?" वह आदमी कुर्सी से आधा उठा ही था कि उसने उसके पेट में घुटना दे मारा। एक लम्बी ऊँची आवाज़ करता हुआ वह कुर्सी पर दोहरा हो गया। दूसरे आदमी ने हाथ में पकड़ा गिलास उसके सिर पर दे मारा। सुनील ने झपटकर उसे टाई से पकड़ लिया। टाई लगातार कसी जा रही है। उसकी आँखें जैसे बाहर निकल आ रही हैं। सुनील चीख़कर कह रहा है, "मैं तुम्हारा ख़ून कर डालूँगा, तुम्हें जान से मार दूँगा। तुम समझते हो मैं डरता हूँ। मुझे किसी माँ के यार का डर नहीं।"

जब तक दोस्त ने, मैनेजर तथा और लोगों ने उसे उस आदमी से अलग किया। मैनेजर का इशारा पाकर मित्र उसे पिछले दरवाज़े से बाहर ले आया। "आई विल किल देम...", वह अब भी बड़बड़ा रहा है।

बाहर आकर मित्र ने उसके माथे से लहू पोंछा और रूमाल बाँध दिया। शायद बारिश की तीख़ी बौछार होकर हटी है। छोटे-छोटे गढ़ों में पानी भर गया है। नन्हे-से बल्ब की रोशनी पानी के काँपते दायरे में पागल कुत्ते की तरह छटपटा रही है। उसने दो सिगरेट सुलगाये।

दोनों चुपचाप चलने लगे। दुकानों की बत्तियाँ बन्द हैं जैसे बहुत सारी बिल्लियाँ कहीं जा छुपी हों। सड़क ख़ाली है। एक सिपाही उन्हें घूरता हुआ पास से गुज़र गया।

"मुझे कुछ नहीं हुआ था। जाने मैं इतना वॉयलेंट क्यों हो गया?" मित्र को लगा उसकी आवाज़ मरी हुई है, काँप रही है।

"लगता है सारा शहर सो गया है", मित्र ने सिरे से बात बदल देना ठीक समझा।

"सोया नहीं। मर गया है। तुम देखना सुबह ही बड़े काले बॉर्डरों में यह ख़बर छपेगी कि तापमान इतना नीचे चला गया कि यह शहर मर गया। फिर हम दोनों काले सूट पहनकर इसके जनाज़े में शामिल होंगे।"

और उस मर गये शहर में वह दोनों चुपचाप चलते रहे!

ताज़ा ख़ून

उन लोगों को ख़ून पीने की आदत है। एकदम ताज़ा ख़ून। मेरी दो साल की बच्ची ने दूध पीना बन्द कर दिया है। ये लोग बहुत सारे देशों में रहते हैं। बी.बी.सी., वॉयस ऑफ़ अमेरिका और कभी–कभी आकाशवाणी से भी यह लोग बोलते हैं। कुछ लोगों के सुख को सब लोगों का सुख साबित करने के लिए चालें चलते हैं, साजिशें करते हैं और दलीलें देते हैं।

उस दिन सवेरे–सवेरे उन लोगों का प्रतिनिधि रेडियो पर इण्टरव्यू दे रहा था। कितने कारखानों में वे लोग, उनका ग्रुप कितने लोगों को रोज़ी दिये हुए हैं। लेकिन बूँद–बूँद दूसरों का लहू पीकर अपने फूलकर कुप्पा हो गये पेट के बारे में यह कुछ नहीं बता रहा था।

मैंने जलकर रेडियो बन्द कर दिया। पास बैठी बच्ची ने दोनों हाथ ज़ोर–ज़ोर से मेज़ पर पटककर इसका विरोध किया। पत्नी ने फिर से रेडियो चलाने को कहा। बताया, तुम्हें पता है बच्ची किस तरह से रेडियो पर इन लोगों के भाषण सुनकर नये–नये, छोटे–छोटे शब्द सीखती है और फिर तालियाँ पीटकर इन शब्दों को दोहराती रहती है। मैंने रेडियो चला दिया।

उराने गेरे सामने नाश्ता रखा। साथ दूध का गिलास भी है। मैंने गिलास परे खिसका दिया। हम दोनों ने एक–दूसरे को देखा। मौन युद्ध की शुरुआत हो गयी। उसने फिर दूध का गिलास मेरे आगे कर दिया।

–"दूध क्यों नहीं पीते?"

–"तुम जानती हो! सवेरे–सवेरे जान मत खाओ।"

–"हमेशा उल्टा जवाब मत दिया करो। शीशे में अपनी सूरत देखी है।"

उसकी बात का जवाब मैंने दिल ही दिल में दे लिया। उसे भी पता है कि आमदनी और ख़र्च का हिसाब करने के बाद दूध सिर्फ़ बच्ची के हिस्से ही आता है।

उनके प्रतिनिधि का भाषण अब भी जारी है। उसने बताया, यह सच है कि इस समय जनता को आर्थिक कठिनाइयों का सामना करना पड़ रहा है। अब वह हम सब से अपील कर रहा है कि कुछ वक़्त और हम शान्त रहें, उन लोगों का साथ दें। अपनी ज़रूरतों को कम करें। जवान, बूढ़े, औरत–मर्द और बच्चे भी अपने पहनने और खाने–पीने की आदतों को बदलें। सादा पहने। सादा खायें।

बच्ची तालियाँ पीट रही है। रेडियो की ओर बार–बार इशारा कर रही है। 'खायें' और 'बच्चे' शब्द को उसने सुनकर समझ भी लिया है। मेरी कमीज़ की बाँह खींचकर कहती है,

"पापा! पापा बच्चे! दूध नहीं! पापा बच्चे!"

मैं रेडियो बन्द कर देता हूँ। जनता से भूखे रहकर शान्त रहने की अपीलें ये लोग करते ही रहते हैं। लोग जब भूख का मुक़ाबला ताक़त से करते हैं तो सातवाँ बेड़ा, बमवर्षक जहाज़, सेना तथा पुलिस को यह लोग पिंजरों से निकालकर लोगों पर हाँक देते हैं।

वह फिर दूध पीने के लिए मुझे कहती है।

रेडियो पर सुनी अपील, अपनी कमाई और उधार, बच्ची का नाचना, 'पापा दूध नहीं' कहना, आकाश से झपटते विमान और लोहा–जड़ी लाठियाँ और दूध पीने की उसकी मूर्ख ज़िद, यह सारे छोटे–छोटे दृश्य आपस में जुड़कर एक लम्बी तस्वीर बन जाते हैं। मैंने हाथ के झटके से दूध से भरा गिलास नीचे फ़र्श पर गिरा दिया। गर्म दूध उसके पाँव पर गिरा। वह पीछे उछली, कुर्सी से टकराई, नीचे गिरी, मेज़ का किनारा उसके माथे से लगा और लहू की बूँद उसके माथे पर चमक आयी। यह अचानक दृश्य देखकर बच्ची ने चीख़–चीख़कर कुहराम मचा दिया। मैंने रजिस्टर उठाये और कॉलेज चल पड़ा।

बस! इतना सब–कुछ ही हुआ था।

शाम को वापस आया तो पत्नी ने बताया कि बच्ची ने सुबह से दूध नहीं पिया।

''परेशान क्यों हो। भूख लगेगी तो ख़ुद पी लेगी।''

''तुम्हें मज़ाक सूझ रहा है। सुबह से भूखी है। मैं फीडर देती हूँ। तुमसे शायद पी ले।''

मैंने बच्ची के सिर पर हाथ फेरा। फीडर उसके मुँह के पास ले गया। उसने कसकर होंठ भींच लिए। थोड़ी देर तक स्थिर आँखों से मुझे देखा और फिर करवट बदल ली।

''दूध पी लो बेटा। फिर बाहर ले चलूँगा।''

मैंने उसके पेट पर गुदगुदी की। वह आज हँसकर उछली नहीं। मेरा हाथ पकड़कर परे कर दिया।

''मुझसे तो पीती नहीं। तुम्हीं कोशिश कर देखो।''

और उस रात भी बच्ची ने दूध नहीं पिया। सवेरे–सवेरे हमारा छोटा–सा पालतू कुत्ता पिन्टू छलाँग मारकर चारपाई पर चढ़ आया। पिन्टू और बच्ची साथ–साथ दूध पिया करते हैं। वह कटोरी में पड़े दूध को लप–लप चाटता है और बच्ची टाँगें उछाल–उछालकर सारा दूध ख़त्म कर दिया करती है। अब पिन्टू के आगे कटोरी पड़ी है। बच्ची ने फीडर हाथ में पकड़ लिया है। पिन्टू लाल–लाल जबान कटोरी की ओर बढ़ाता है। वह फीडर नीचे फ़र्श पर फेंक देती है। काँच टूटने की आवाज़ से पिन्टू कीं–कीं करता है, पंजे से कटोरी परे कर देता है और छलाँग लगाकर कमरे से बाहर चला जाता है।

अब मैं भी डर गया हूँ। हम दोनों उसे डॉक्टर के पास ले जाते हैं। वह स्वागत करता है।

पत्नी उसे बच्ची की बीमारी के बारे बताती है। वह बच्ची के पेट पर उँगलियाँ बजाकर देखता है, नब्ज़ देखता है, टार्च जलाकर उसकी आँखें और गला देखता है और फिर हैरान होकर सिर हिला देता है,

–''बच्ची तो बिल्कुल ठीक है।''

–''लेकिन इसने पिछले चौबीस घण्टों से दूध नहीं पिया। कुछ भी नहीं खाया।''

–''मैं टॉनिक दिये देता हूँ। यह पिलाइये, भूख लग जायेगी। चिन्ता की कोई बात नहीं।''

बच्ची को दिन–भर हम ज़बरदस्ती टॉनिक देते रहे लेकिन फिर भी उसने न दूध पिया, न ही कुछ खाया। फीडर देखती है तो दिल हिला देने वाली चीख़ मारती हैं। पिन्टू भी अगले पंजों पर सिर रखे उसे देखे जा रहा है। अब वह हमेशा की तरह बच्ची को छेड़ने की मुद्रा में खड़ा हो गया। वह मुँह खोलकर उसकी उँगलियाँ हौले–से दाँतों में दबा लेता है।

आज वह हमेशा की तरह दूसरे हाथ की उँगलियाँ पिन्टू की आँखों में डालने की कोशिश नहीं करती। पिन्टू उसका हाथ छोड़ देता है। शिकायत की मुद्रा में उसकी ओर देखे जा रहा है।

पत्नी दुर्गा की पुजारिन है। देवी की तस्वीर साफ़ करती है। धूल की तह हट जाने के कारण देवी की ख़ून में लथ–पथ जीभ साफ़ दिखायी देती है। देवी के आसपास कटे हुए सिर हैं, उसके पाँव के नीचे भयानक चेहरे वाला राक्षस गिरा पड़ा है, त्रिशूल की नोक उसके गले में गड़ गयी है और ख़ून की लकीर बाहर बहकर फैल गयी है।

वह मुझे बताती है कि पिन्टू ने भी दूध नहीं पिया। मैं कहता हूँ पिन्टू को बाहर बरामदे में दूध दे दे। वह कटोरी बाहर रख देती है। लप–लप की आवाज़ से आश्वस्त होता हूँ कि चलो पिन्टू ने तो दूध पी लिया।

–''पापा जी।''

मैं चौंककर देखता हूँ। बच्ची उठकर बैठ गयी है। कमज़ोरी के कारण शरीर अपने ही वज़न से हिले जा रहा है। उसकी आँखें देखकर सिहर जाता हूँ। न उनमें उत्सुकता है, न चमक, न हँसी, न विषाद, न शिकायत, न प्यार और न शरारत। है तो लगातार फैलता जा रहा ख़ालीपन।

''पापा जी किताब।''

बच्ची अपनी आयु के अनुपात से अधिक सयानी और समझदार है। बीवी मज़ाक और गर्व से कहा करती है, ''क्यों न हो, लेखक की बच्ची जो ठहरी!'' तस्वीरों वाली किताब में चित्र और अक्षर देखकर वह दो साल की आयु में ही शब्द जोड़ लेती है।

मैं उसे किताब देता हूँ। वह सिर हिला–हिलाकर अक्षर पढ़ती है, साथ बने चित्र को देखती है और शब्द बोलने लग पड़ती है। लेकिन आज वह 'भ' अक्षर पर आकर चुप हो गयी है।

–''बेटा भ से...''

आज वह चित्र में बने भारत के नक्शे पर हाथ नहीं फेरती और भ से खिल–खिलाकर भारत नहीं कहती। यह शब्द तो उसने बहुत पहले ही सीख लिया था।

–''बेटा भ से?''

और फिर उसकी आँखों में दहशत आ जाती है। उसने अपने होंठों को दाँतों से भींच लिया है। दोनों टाँगें अकड़ गयी हैं, पाँव सख़्त होकर अन्दर

की ओर मुड़ गये हैं। जब वह बहुत डर जाया करती है तो इसी तरह खिंचे हुए धनुष–सरीखा उसका शरीर हो जाया करता है। वह मुँह खोलती है लेकिन कोई शब्द नहीं फूटता, सिर्फ़ 'गाँ–गाँ' की आवाज़ आती है।

–''मेरा बेटा डर गया। पापा पास तो हैं। अच्छा बताओ भ से?''

अब वह पूरा ज़ोर लगाकर मुँह खोलती है, शरीर कसते हुए शिकंजे से बाहर निकल आने के लिए झटका मारता है, वह अन्दर की सारी ताक़त लगाकर भयानक आवाज़ से बोलती है,

''पापा, भ से भेड़िया। पापा भेड़िया आ गया।''

शब्द ने आकार ग्रहण कर लिया है। शरीर प्राप्त कर लिया है बच्ची चीख़ मारकर बेहोश हो गयी है। उसने अपने ही हाथों से अपना गला कसकर पकड़ लिया है। भेड़िया देखकर पिन्टू भी डरी हुई आवाज़ें निकालता हुआ चारपाई के नीचे जा दुबका है। बच्ची की जीभ दाँतों में फँस गयी है। लहू की दो बूँदें उसके होंठों पर चमकती हैं, फिर छोटे–से आकार में गले पर फैल जाती हैं। मैं उसके मुँह में चम्मच डालकर जीभ को दाँतों की पकड़ से अलग करता हूँ। बच्ची एक लम्बी साँस खींचकर गहरी खाई से वापस लौट आती है।

मैं पत्नी से पूछता हूँ कि बच्ची ने भेड़िया शब्द कहाँ से सीखा? वह इतनी सहम गयी है कि बोलती तक नहीं, सिर हिलाकर बताती है कि उसने बोला और बताया नहीं। मुझे अब भी लग रहा है कि आकार और शरीर धारण कर गया यह शब्द कहीं दुबककर बैठा है। छलाँग लगाकर कभी–भी बच्ची का गला दबोच लेगा।

सुबह उठा तो कमरा एक नयी तरह की दुर्गन्ध से भरा हुआ था। बड़ी देर तक इस बू को कोई नाम देने की कोशिश करता रहा। फिर याद आया एक बार चिड़ियाघर गये थे। मांसख़ोर जानवरों के पिंजरे के पास से ऐसे ही दुर्गन्ध आयी थी। कमरे से बिल्कुल वैसी ही बू आ रही थी, गैस की तरह तीख़ी, मांसभक्षी जानवर के शरीर से निकलती नाक जलाती बू।

बड़े अस्पताल में बच्ची का ख़ून टेस्ट हुआ, एक्सरे हुए, कुछ पता न चला। हम लोग अपनी सारी उम्मीदें डॉक्टर के पास, हस्पताल में छोड़कर वापस लौट आये।

घर के अन्दर पहुँचते ही उसी परिचित दुर्गन्ध ने फिर से आक्रमण कर दिया। बच्ची को चारपाई पर लिटाया। पिन्टू पीछे–पीछे अन्दर

आ गया है। वह नथुने फुलाकर, सिर ऊपर उठाकर कुछ सूँघ रहा है। डरी हुई आवाज़ में कीं कीं कर रहा है। कमरे में दुबके हुये मांसख़ोर भेड़िये का पता उसे चल गया है। आखेट को अहेरी की उपस्थिति का पता चल गया है। वह दुबककर मेरी जाँघों के बीच घुस जाता है। उसके शरीर पर हाथ फेरता हूँ। टेलीफ़ोन की कसी हुई तारों की तरह उसका जिस्म लगातार थरथरा रहा है।

—''इसे राजधानी के बड़े हस्पताल ले चलें।'' पत्नी ने कहा।

—''क्या होगा? वहाँ के डॉक्टर कौन–सी बीमारी खोज लेंगे। जो टेस्ट और एक्सरे यहाँ हुए हैं, वह लोग भी कर लेंगे। अब कुछ नहीं हो सकता।''

वह मेरी पराजित आवाज़ का अर्थ समझ गयी है। गुसलख़ाने में जाकर पीट–पीटकर कपड़े धोना शुरू कर देती है। जानता हूँ साथ–साथ रो भी रही होगी।

बच्ची हिलती है। आँखें कमरे में चारों ओर घूमती हैं। इस बड़े कमरे को हमने लम्बा पर्दा लगाकर दो हिस्सों में बाँट रखा है। वह हवा से हिलते पर्दे को देखती है, उसके चेहरे से रक्त खिंचना शुरू हो जाता है, मुट्ठियाँ कस जाती हैं। फिर उसके शरीर में क़ैद भय–शब्द चीख़ के माध्यम से उछलकर बाहर आ जाता है।

—''पापा...। भेड़िया...।''

मैं उछलकर खड़ा हो जाता हूँ। गुस्से का प्रेत मेरे कन्धों पर सवार हो गया है। झटके के साथ पर्दे को खींचता हूँ। तड़–तड़ की आवाज़ के साथ एक–एक करके सारे रिंग टूट जाते हैं। पर्दा नीचे गिर जाता है। मैं चीख़–चीख़कर बोलता हूँ,

—''कहाँ है भेड़िया। देख कहीं भी नहीं। पर्दे के पीछे भी नहीं, मैं उसका ख़ून कर दूँगा। मैं उसे क़त्ल कर दूँगा।

मेरी ऊँची आवाज़ सुनकर बच्ची और ज़ोर से रोने लग पड़ी है, पत्नी भागकर अन्दर आ गयी है। मेरा हाथ पकड़कर चारपाई पर बिठाती है।

—''पागल हो गये हो क्या। तुम्हें क्या हो गया है।''

उसे कैसे बताऊँ कि मैं पागल नहीं हुआ। घर में भेड़िये घुस आये हैं। इस सत्य का पता बच्ची की तरह मुझे भी लग गया है। वह जहाज़ों से बम गिराकर पहले माँ–बाप की हत्या करते हैं, फिर बच्चों को उनके देश से बचाकर बाहर ले जाने का नाटक करते हैं। मेरा अन्दर अब भी

थर–थर काँप रहा है। जिस भेड़िये ने मेरी बच्ची के गले में नाख़ून गड़ा रखे हैं क्या अब वह मुझे, मेरे पड़ोसियों को, हम सबको खा जायेगा? हमारी गर्दनों में कब तक दाँत गड़ाकर गट–गट करके ख़ून पीता रहेगा? इस खूँखार जानवर की जाति को, जो एक सिरे से दूसरे सिरे तक दहाड़ती फिर रही है, क्या हम ख़त्म कर पायेंगे?

अब हम लोग डॉक्टरों की दवाइयों से हार मान चुके हैं। उसे अपने शहर के एक बूढ़े हकीम के पास ले जाते हैं। उसके बारे में प्रसिद्ध है कि बिना नब्ज़ देखे, हाथ लगाये, बीमारी पहचान लेता है। पत्नी सारा हवाला दे रही है, हकीम आँखें बन्द किये सुन रहा है।

वह हाल बयान कर चुकी है। हकीम अब भी आँखें बन्द किये, बिना हिले–डुले स्थिर बैठा है। वह एक लम्बी साँस लेकर यात्रा से वापस लौट आता है।

–''वाहे गुरु। सच्चे बाहशाह तेरा ही आसरा।''

वह अपने चेहरे पर दोनों हाथ फेरकर हमें कहता है,

–''आप की बच्ची को कोई बीमारी नहीं।''

–''तो फिर इसे क्या हो गया है?''

–''इसे भय का रोग लग गया है। दहशत की बीमारी ने पकड़ लिया है।''

हम दोनों हैरान होकर हकीम को देख रहे हैं। उसे पता चल जाता है कि हम समझे नहीं।

–''बेटा, डर एक बहुत बड़ा जानवर है। वह हमारी आत्मा में अपने नाख़ूनी पंजे गड़ाकर चौकड़ी मारकर बैठ जाता है। इससे मुक्त होने की जितनी कोशिश करो यह और ज़ोर से पंजे गड़ा देता है। डर को किसी इससे बड़े डर से ही मारा जा सकता है। लेकिन दुश्मन ताक़तवर है। इतना बड़ा हथियार तो अभी है ही नहीं।''

–''तो हम जायें?... क्या कुछ नहीं हो सकता।''

''हाँ, प्रार्थना करो। डर इसके प्राण तो नहीं छोड़ेगा लेकिन दर्द शायद कम हो जाये।''

हम दुकान के बाहर आ गये हैं। वह मुझसे तीख़ी आवाज़ में कहती है।

–''यह हकीम तो पागल है। मैं कहती हूँ बूढ़ों का दिमाग़ चल जाता है। यह किस बीमारी का रोना ले बैठा।''

मैं बोलता नहीं। लेकिन शब्द मेरे अन्दर जन्म ज़रूर लेते हैं। हाँ, बूढ़े कभी–कभी भय के राज्य के ख़िलाफ़ जंग शुरू कर देते हैं। या तो हम उन्हें गोली मार देते हैं या पागल करार दे देते हैं। लेकिन इस लड़ाई की सच्चाई को स्वीकार करने का साहस हममें है ही नहीं।

शाम को मेरा लेखक–मित्र आता है, उसे बच्ची के बारे में पता चल गया है। वह जब भी घर आता है, बच्ची को ऊपर हवा में उछाल दिया करता है और फिर अपने लम्बे–चौड़े शरीर की ओर इशारा करके कहा करता है,

–''देखो बेटा, भूत अंकल आ गये।''

बच्ची तालियाँ पीटकर उसकी मूँछें पकड़ लिया करती है। लेकिन आज हवा में उछालने के बाद न वह हँसी और न ही उसने भूत अंकल की मूँछें पकड़ीं। उस संन्यासी की तरह लगातार उसे देखे जा रही है जिसका किसी ने ध्यान भंग कर दिया हो। वह उसे चारपाई पर लिटाता है। फिर मैं दोस्त को बताता हूँ कि कई दिनों से बच्ची ने कुछ नहीं खाया–पिया। वह हमेशा की तरह तीख़ी आवाज़ में जवाब देता है,

–''दूध नहीं पीती। अरे शुक्र करो साँस तो ले रही है। तुम बैठो अपने अँधेरे संसार में। चारों ओर जो बू फैल गयी है... नाक बन्द रखकर उसे सूँघने से इनकार करते रहो। यह तो दूध नहीं पी रही। वह दिन दूर नहीं जब हम साँस भी नहीं ले पायेंगे। हमारी गर्दनों पर गड़े हुए पंजे हमारी साँस की नलियों को खटाक से तोड़ देंगे।''

मैं सिर झुकाये उसकी बातों के सच को स्वीकार करता हूँ। पत्नी चाय लेकर आती है।

–''भाई साहब आप ही इन्हें समझाइये। मैं कहती हूँ बच्ची को देवी के दर्शनों के लिए ले चलें, शायद ठीक हो जाये। लेकिन यह मानते नहीं। अपनी बच्ची की ज़िन्दगी के लिए तो हठ छोड़ देना चाहिए।''

''सच कहूँ भाभी, चाहे आपको बुरा लगे। आप धर्म और देवी–देवताओं का सहारा लेना चाहती है। वह धर्म जो इस देश में अब सिर्फ़ भीख माँगने का साधन बन गया है। सूर, तुलसी और मीरा के गीत अब केवल भिखारी गाते हैं, भिक्षा माँगते हैं। फिर भी कर आइये देवी के दर्शन। कम–से–कम आप को तो शान्ति मिल जायेगी।''

अब वह उठ खड़ा हुआ है। उसका चेहरा तमतमा रहा है,

"जाता हूँ। कोई ज़रूरत हो तो ख़बर करना। लेकिन याद रखो, इस बच्ची के बाद तुम्हारी बारी है, मेरी बारी है, हम सब की बारी आ रही है।"

अँधेरा घिर आया है। कमरे में फिर से पशु–गन्ध फैल गयी है। भेड़िया शिकार के लिए बाहर निकल आया है। पत्नी ने अगरबत्ती जला दी है। वह खाने के लिए कहती है। मैं इनकार करता हूँ।

"क्या अब तुम्हारे अन्दर भी भय पंजे गाड़कर बैठ गया है? मर्द हो। हारे क्यों बैठे हो? तुम्हारे खाना न खाने से क्या यह ठीक हो जायेगी?"

मैं रसोई में जाकर चुपचाप खाना खा लेता हूँ। बाहर बरामदे में तीख़ी गुर्राहटों की आवाज़ें आ रही हैं। पिन्टू भौंकना शुरू कर देता है। मैं दरवाज़ा खोलता हूँ।

बरामदा बहुत सारे कुत्तों से भरा पड़ा है। सब की लाल–लाल जीभें बाहर निकल आयी हैं, लपलपा रही हैं। दरवाज़ा खुलते ही उन्होंने गुर्राना बन्द कर दिया है। वह धीरे–धीरे सरककर आगे बढ़ रहे हैं। सशंकित आँखों से इधर–उधर देख रहे हैं। पीछे वाले कुत्ते आगे वाले कुत्तों को कन्धों से धकेल रहे हैं। फिर सारे कुत्ते अपने नथुने ऊपर उठाकर अन्दर से आ रही हवा को सूँघते हैं। मांस–गन्ध! मांस–गन्ध! इनको भी मर रहे शरीर का पता चल गया है, लाश की बू आ गयी है। सबसे पीछे वाला कुत्ता शायद बहुत जल्दी में है। आगे वाले कुत्ते की जाँघ में दाँत गड़ा देता है। अगला कुत्ता चीख़ के साथ पास वाले कुत्ते की गर्दन दबोच लेता है। अब सब कुत्तों की आपस में लड़ाई शुरू हो गयी है। ताक़त के ज़ोर पर, यह सारे–के–सारे कुत्ते इस ज़िन्दा लाश पर कब्ज़ा करना चाहते हैं, राज्य करना चाहते हैं। कब्ज़ा कर लेंगे तो कई साल तक चूस–चूसकर इसका लहू पीते रहेंगे। फिर इन सब की तोंदें फूल जायेंगी। ख़ुद सुखी हो जायेंगे तो इन्हें सब ओर सुख–ही–सुख दिखायी देगा।

मैं दरवाज़ा बन्द कर देता हूँ। मुर्दा गन्ध कमरे से बाहर निकलना बन्द हो जाती है। खिड़की से बाहर झाँकता हूँ। एक–एक करके कुत्ते मुँह ऊपर आसमान की ओर उठाते हैं और लम्बी आवाज़ों के साथ रोते हैं, और बरामदे से सरक जाते हैं।

और उस रात को मेरी बच्ची अन्धी हो गयी। नींद खुल गयी। सिरहाने के नीचे रखी सिगरेट की डिब्बी निकाली। बच्ची भी जाग गयी है। इस समय

बड़ी आश्वस्त–सी दिख रही है। शायद भेड़िया पेट–भरकर ख़ून पीने के बाद सो गया है, बच्ची थोड़ी देर के लिए मुक्त हो गयी है। मैं हमेशा की तरह डिब्बी उसकी ओर बढ़ाता हूँ ताकि वह मुझे सिगरेट निकालकर दे।

"लो बेटा। सिगरेट निकालो। फिर पापा के मुँह में लगाओ।"

उसकी आँखें खुली हैं फिर भी वह अपने दोनों हाथ हवा में इधर–उधर हिला रही है। डिब्बी फिर भी उसकी पकड़ में नहीं आती। तो इसे दिखायी देना बन्द हो गया है। लेकिन वह डरी हुई नहीं दिख रही। अन्धेपन का एहसास क्या होता है, इसे उसका पता नहीं। जैसे उन लोगों की आँखें हैं लेकिन उन्हें दिखायी नहीं देता, वैसे ही मेरी बच्ची की आँखें हैं लेकिन वह देख नहीं सकती।

मैं सुबह उठकर पत्नी को यह सूचना देता हूँ। वह बिना कोई जवाब दिये अपने होंठों को काटते हुए गुसलखाने में जाकर कपड़े पीटना शुरू कर देती है।

मैं उसे गोदी में लिये बाहर बैठा हूँ। घर शहर की बड़ी सड़क के किनारे है। प्रतिदिन की तरह आज भी एक बहुत बड़ा जुलूस सड़क पर निकल रहा है। लोगों के हाथों में थालियाँ हैं, ख़ाली बर्तन हैं, वे इन्हें पीट–पीटकर 'रोटी–रोटी' चिल्ला रहे हैं। कहते हैं भूखा आदमी हमेशा गुस्से में होता है। लेकिन यहाँ का भूखा आदमी अपने गुस्से में ख़ुद को खाता है, अपने आपको जलाता है, जो इस भूख का कारण हैं उनका गला नहीं दबोचता। इतने सारे बर्तनों के बजने की आवाज़ किसी नगाड़े के युद्ध–नाद की तरह ऊँची और भयावह है। पत्नी आकर कहती है,

–"इसे अन्दर ले जाओ। डर जायेगी।"

लेकिन आज ऐसा कुछ नहीं हुआ, बच्ची डरी नहीं। वह स्थिर आँखों से जुलूस को देख रही है लेकिन उसे कुछ भी दिखायी नहीं देता। वह नगाड़े की–सी ऊँची आवाज़ सुन रही है लेकिन उसे सुनायी कुछ नहीं देता।

जैसे उन लोगों के कान हैं, लेकिन 'भूख–भूख' की कोई भी पुकार सुनते नहीं, वैसे ही मेरी बच्ची के कान हैं, पर सुनती नहीं।

आसमान पर बहुत ऊपर, गोल दायरे में एक चील उड़ रही है। उसकी आँखें नीचे, हमारे मकान पर हैं। अब क्षणांश के लिए चील थम गयी है, अपने पर तौलती है और लम्बी, तीख़ी सीटी की आवाज़ के साथ नीचे डाइव कर जाती है। बिल्कुल हमारे सिर के ऊपर पहुँचकर तिरछी हो जाती है,

ऊपर उठ जाती है। वह अब भी सीटी की–सी तेज़ आवाज़ निकाले जा रही है। देखते–ही–देखते कई और चीलें उनके आसपास पहुँच गयी हैं। उन लोगों की तरह मांस की सूचना उसने अपने साथियों को भी दे दी है। एक–एक करके चीलें नीम की टहनियों पर आ बैठती हैं। पतली टहनियाँ लचकती हैं, फिर उनका कम्पन बन्द हो जाता है।

पता नहीं यह सारे–के–सारे मांसख़ोर कहाँ से, किस–किस जगह से, हमेशा वहाँ उड़कर आ पहुँचते हैं, जहाँ इन्हें ताज़ा ख़ून की बू मिल जाती है। मैं बच्ची के साथ अन्दर आ जाता हूँ। खिड़कियाँ दरवाज़े बन्द कर लेता हूँ। लेकिन इस सत्य का तो मुझे पता है कि वे लोग और उनके प्रतिनिधि मांसख़ोर बाहर बैठे हैं।

कमरा सड़ते हुए मांस की गन्ध से भर गया है। लेकिन यह बू उस भेड़िये वाली बू से अलग है। तो बच्ची का मांस गलना–सड़ना आरम्भ हो गया है। और अचानक मुझे ज्ञान हुआ कि यह बू तो मुझे बाहर भी आती है। हर शहर में, हर सड़क पर लेकिन पहचाना इसे आज ही है।

पत्नी नहाने के बाद कमरे में आ गयी है। उसने लाल रंग की साड़ी पहन रखी है, लाल ही ब्लाऊज है। माथे पर सिन्दूर की बड़ी–सी बिन्दिया अंगारे की तरह दहक रही है। रेगिस्तान की तरह उसका तमतमाया चेहरा युद्ध–देवी जैसा दीप्त है।

–''मैं लड़ाई करूँगी इसकी बीमारी के साथ। मैं उसकी मृत्यु की कामना करूँगी जिसने मेरी बच्ची को दबोच लिया है। देखो। तीन दिन तक तुम मुझे छूना भी मत। मैं रात–दिन दुर्गा का पाठ करूँगी। तुम इसके साथ बैठक में रहो।''

जानता हूँ उसे समझाना व्यर्थ है। वह कैसे समझेगी कि धर्म और देवियों की सहायता से इस गिरोह का कुछ नहीं बिगाड़ा जा सकता। बड़े–बड़े मन्दिर और धर्मशालायें बनाकर इन शिखण्डियों ने धर्म की आड़ तो पहले ही ले रखी है। लेकिन चुप हूँ, इसे जतन कर लेने दो।

रात हो गयी है। पाठ का स्वर साथ वाले कमरे से लगातार सुनायी दे रहा है। अब वह तीन दिन तक अन्न–जल कुछ भी नहीं लेगी। मैं पड़ोस के नौकर के हाथों डबलरोटी मँगवा लेता हूँ। वह इस समय कमरे में धीरे–धीरे चल रही है। भूख और प्यास से उसका मुँह सूख गया है। लेकिन आँखों में गुस्से की आग लपलपा रही है। वह मुझे अपने पास आने का संकेत करती है, मेरे माथे पर सिन्दूर का टीका लगाती है।

मैं बैठक में बच्ची के साथ लेटा हूँ। साथ वाले कमरे से चलने की आवाज़ आ रही है। एक बार तो जी चाहता है कि उठूँ और उसे डाँट दूँ। हाथ पकड़कर अपने पास बिठा लूँ। उसका तपता हुआ चेहरा और माथा सारी रात सहलाता रहूँ। फिर किसी कोने में बैठा अन्धविश्वास मुझे ऐसा करने से रोक देता है।

नींद बच्ची को भी नहीं आ रही। उसका जिस्म फिर से अकड़ना शुरू हो गया है। भेड़िया मांस–गन्ध पाकर बैठक में आ गया है। वह हाथ–पैर पटक रही है। गले में साँस भरकर आवाज़ और शब्द पैदा करने के लिए मुँह खोलती है। मैं सोचता हूँ, पूरी ताक़त के साथ भेड़िया कहेगी और बेहोश हो जायेगी। लेकिन नहीं। फटे हुए गुब्बारे की तरह केवल हवा सूँ–सूँ की आवाज़ के साथ उसके मुँह से बाहर निकलती है।

तो उन लोगों ने इसके बोलने की ताक़त भी छीन ली।

आज पत्नी के उपवास का दूसरा दिन है। उसके कमज़ोर कन्धे क़िसी पक्षी के कन्धों की तरह और आगे झुक गये हैं। आँखों में किसी लम्बी यात्रा पर निकले यात्री की थकान है। अब वह थक गयी है। नीचे बैठकर आँखें मूँद ली हैं। प्रार्थना जारी है। देवी के हाथ में त्रिशूल की नोक, दहकती बिन्दी, दुर्गा का चमकता त्रिशूल–क्या यह सब मिलकर भी इस गिरोह का सामना कर पायेंगे।

मैं अपनी बूढ़ी माँ को बच्ची की बीमारी का ख़त लिखता हूँ। यहाँ आने की ताक़ीद करता हूँ

आसपास के लोगों को, मित्रों को, सब को इस जानलेवा बीमारी का पता चल गया है। इन लोगों को मालूम है कि किसने बच्ची की गर्दन में पंजे गड़ा रखे हैं, कौन इसका ख़ून पी रहे हैं। लेकिन यह लोग अब दरवाज़े के अन्दर नहीं आते, बाहर से ही हाल–चाल पूछकर लौट जाते हैं। इन्हें पता नहीं कि सबके नम्बर लग चुके हैं, बारियाँ मुकर्रर हो गयी हैं। एक–एक करके लड़ने का वक़्त बीत गया है। लेकिन इन लोगों को पुराना इतिहास याद नहीं, इनका भविष्य भी सुरक्षित नहीं। मैं जानता हूँ, तपता सूरज इनके आँगन को भी झुलसा देगा।

पिन्टू के कमरे से बू आती है, मुझे नाक पर रूमाल रखना पड़ता है लेकिन बच्ची अपनी पतली–सी नाक से लगातार साँस लिये जा रही है, तो उसकी यह ज्ञानेन्द्रिय भी ख़त्म।

ज़ालिमों ने बच्ची की सारी इन्द्रियाँ छीन ली हैं। वे लोग हमें बोलने नहीं देते, देखने नहीं देते, छूने नहीं देते और शायद सोचने भी नहीं देते।

उपवास की दूसरी रात है। मैं और बच्ची बैठक में हैं। पत्नी के कमरे से ज़ोर से चीख़ने की आवाज़ आती है। लाइट जलाता हूँ। बच्ची मेरे पास बिस्तर पर नहीं है। भागकर पत्नी के पास पहुँचता हूँ। वह फटी–फटी आँखों से पलंग के नीचे देख रही है। मैं उसके कन्धे झिंझोड़कर कहता हूँ,

–''क्या हुआ? बच्ची कहाँ है?''

वह पलँग के नीचे इशारा करती है। मैं झुककर देखता हूँ। बच्ची किसी बहुत बड़े कीड़े की तरह फ़र्श पर धीरे–धीरे रेंग रही है। रगड़ खाने के कारण उसका मांस गलकर फ़र्श के साथ छोटे–छोटे टुकड़ों में चिपक गया है। मटमैले पानी जैसे गोल–गोल धब्बे फ़र्श पर दब गये हैं। मैं उसे उठाने के लिए फ़र्श के नीचे हाथ बढ़ाता हूँ। पत्नी तेज़ आवाज़ में कहती है,

–''उसे मत छुओ। उसका मांस गलकर तुम्हारे हाथों में लग जायेगा।''

–''लेकिन क्या रात भर फ़र्श पर पड़ी रहेगी?''

–''हाँ! इस पर कोई पुराना कपड़ा डाल दो।''

मैं भी किसी लिजलिजे कीड़े की तरह के उसके शरीर को छूना नहीं चाहता। पुराना–सा कम्बल उठाकर उस ज़िन्दा मांस के टुकड़े पर डाल देता हूँ।

सारी रात पत्नी को बाँहों में जकड़े हुए बिता देता हूँ। वह मुझसे एक ही सवाल करती है,?

–''यह मर क्यों नहीं जाती?''

–''यह लोग जान से कभी भी नहीं मारते। बूँद–बूँद करके ख़ून पीते हैं। कुछ देर के लिए छोड़ देते हैं। फिर से ख़ून पीने लग जाते हैं। यह तो सब जगह, सब कहीं, सदियों से चला आ रहा है।''

मेरी बाँहों में लेटे हुए भी वह बार–बार काँप उठती है। बाहर गुर्राहटों की आवाज़ें आ रही हैं। तेज़ हवा किसी गेंद की तरह इन आवाज़ों को खिड़कियों, रोशनदानों के साथ पटक रही है। नीम के पेड़ की टहनियों पर से बड़े–बड़े पंख फड़फड़ाने की आवाज़ें अन्दर पहुँच रही हैं।

तो पत्नी हार गयी। उसकी देवी दुर्गा भी हार गयी। हारना ही था। देवी अपने लोगों का सिर कैसे काट सकती है? सारे–का–सारा गिरोह दुश्मन है, किस–किस का नाम लेकर उसे मारेगी।

अगले दिन माँ पहुँच जाती है। उसे सब कुछ बताता हूँ। वह बच्ची को देखती है। लेकिन डरती नहीं।

—"मुझे पहले ख़त क्यों नहीं लिखा। बच्ची को कोई बीमारी नहीं। इसे तो किसी प्रेत ने पकड़ रखा है।"

माँ अनपढ़ है, बहुत बूढ़ी है, अब भी किसी पिछली सदी में ज़िन्दा है। जादू—टोना, भूत—प्रेत, डायन—डाकनियों में विश्वास करती है।

—"तुम लोगों ने बहुत देर कर दी।"

शाम को वह इस प्रेत को मारने का सामान बाज़ार से ले आती है। मुझे और पत्नी को नहाने के लिए कहती है। उस लोथड़े को भी स्नान कराती है। लोथड़े का शरीर बिल्कुल सफ़ेद पड़ गया है।

—"इसके शरीर में तो ख़ून की एक बूँद नहीं।"

"सारा ख़ून उन लोगों ने पी लिया हैं। उन्हें ताज़ा ख़ून पीने की आदत है।"

"कौन हैं वे लोग? कौन ताज़ा ख़ून पीते हैं?"

मैं और पत्नी माँ को कोई जवाब नहीं देते। माँ को इन भेड़ियों के बारे में कैसे समझाया जा सकता है। माँ ने अब फ़र्श को गीले कपड़े से पोंछ दिया है। वह अँगीठी से दहकते अंगारे फ़र्श पर पलट देती है। लोथड़ा बिल्कुल अंगारों के पास रखा है। मैं और पत्नी उसके दोनों ओर बैठे हैं। पिन्टू सामने बैठा है। माँ सिन्दूर से लोथड़े के शरीर पर कई प्रकार के आकार बनाती है। फिर एक पुड़िया में से कुछ दाने निकालकर आग में डालती है। एक तीखा धुआँ कमरे में फैल जाता है। पत्नी खाँसती है, मैं खाँसता हूँ, माँ खाँसती है, पिन्टू खाँसता है लेकिन लोथड़े पर कोई असर नहीं होता।

अब वह लिफ़ाफ़े में से नमक की डली की—सी कोई सफ़ेद चीज़ निकालती है। बताती है, फिटकरी है। इसे अंगारों में डालकर बाहर निकाल लेगी। फिटकरी फूलकर उस प्रेत का आकार धारण कर लेगी जिसने बच्ची को पकड़ रखा है।

वह फिटकरी अंगारों में डालती है। झट से बाहर निकाल लेती है। फिटकरी अब धीरे—धीरे फैल रही है। एक सिरे पर दो टुकड़े उभर आये हैं। माँ बताती है प्रेत के दाँत हैं। फिर एक मुँह बनता है, बिल्कुल मांसख़ोर जानवर का—सा। और अचानक तड़ाक के साथ फिटकरी टूट जाती है। अब

बहुत सारे छोटे–छोटे टुकड़े फूलने शुरू हो गये हैं। हर टुकड़े के सिरे पर दाँत उग आये हैं, जानवरों जैसे सिर बन गये हैं। माँ काँपकर कहती है,

''इसे तो बहुत सारे प्रेतों ने पकड़ रखा है। अब नहीं बच सकती।''

मांस जलने की बू आती है। लोथड़े ने हाथ जलते हुए अंगारों पर रख दिया है। पिन्टू उठ ठहरा है। एक तेज़ गुर्राहट कर रहा है। आँखों में वहशी चमक है। वह छलाँग लगाकर जलते हुए अंगारों के पास आ गया है। उसने लोथड़े का आँगरों में पड़ा हाथ दाँतों में कस लिया है। इसे झिझोड़ रहा है। मैं चिमटा उठाकर पूरी ताक़त से पिन्टू पर मारता हूँ। वह हाथ छोड़ देता है और बाहर भाग जाता है।

बाहर गुर्राहटों की आवाज़ें आ रही हैं। अब इनमें पिन्टू की आवाज़ भी शामिल हो गयी है। जिस तरफ़ ताक़त हो उधर जाना सहज होता है।

फिटकरी के टुकड़े फिर से निराकार हो गये है। अंगारे दहक रहे हैं। हम तीनों हार मान गये हैं। सिर झुकाये बैठे हैं। माँ लम्बी साँस खींचकर कहती है,

''हे भगवान, इसे उठा ले। इसे मुक्ति दे दे।''

मैं और पत्नी भी इस प्रार्थना में शामिल हो गये हैं। लोथड़ा वहाँ से खिसक–खिसककर अन्दर चला गया गया है :

हवा तेज़ है। गुर्राहटों की आवाज़ें गेंद की तरह खिड़कियों, रोशनदानों से टकरा रही हैं। भेड़िये, वे लोग, उनका गिरोह, नाख़ून तेज़ कर रहा है। लम्बी चीख़ के साथ आसमान से नीचे डाइव करती चील, मृत्यु की कामना करते हम तीन, आँगन को झुलसाता तपता सूरज, कमरे में रेंगता मांस का लोथड़ा...मेरी बच.....ची।

ख़ाली मकान

जो भी मिलने वाला आता है वह सबसे पहले मकान के बारे में ही बात करता है। इतना बड़ा। और आप लोग इसमें अकेले रह रहे हैं? वर्मा साहब दफ़्तर चले जाते होंगे तो आप अकेली परेशान हो जाती होंगी! आदि–आदि। सचमुच इस औद्योगिक शहर में इतनी बड़ी कोठी का ख़ाली होना लोगों के लिए आश्चर्य की बात तो है ही। और फिर बेटी का ब्याह करने के बाद मुझे भी इस मकान का कमरा–कमरा चुपचाप दिखायी दिया था। इनसे मैंने किसी किरायेदार को रखने की बात की थी तो कैसी प्रश्नवाचक मुद्रा में मुझे देखा था। वर्मा साहब अगर किरायेदार रखेंगे तो लोग क्या कहेंगे? बेटी नयी–नयी अपने घर गयी थी, मैं भी शायद झल्लायी बैठी थी। सीधे उन्हें बता दिया था कि वह तो सुबह के निकले गयी रात घर लौटते हैं और तब भी कम्पनी की फ़ाइलें साथ ही घर आती हैं, मैं अकेली दिन–भर क्या दीवारों से बातें करती रहूँगी? और तब उन्होंने मुस्कराकर कहा था कि मैं तो ऐसे बातें कर रही हूँ जैसी बूढ़ी हो गयी हूँ।

रात को सोते समय जब दर्पण के सामने बैठकर चेहरे पर क्रीम मलने लगी तो ध्यान से चेहरे को देखा। सचमुच मुझे देखकर कौन कहेगा कि बेटी को कुछ समय पहले ही ब्याह में दिया है। हम माँ–बेटी साथ चला करती थीं तो देखने वाले प्रायः सहेलियाँ या जवान अध्यापिका–शिष्या का नाता ही जोड़ पाते थे। सफ़ेद बाल कहीं–कहीं चाँदी के तारों से चमक आये हैं। लेकिन यह मेरी काया ही ऐसी है। चेहरे पर कहीं कोई बल नहीं पड़ा, हाँ, चमड़ी कुछ कड़ी पड़ गयी है जो क्रीम की तह के नीचे आसानी से छुप जाती है। बच्ची हुई थी तो ऑपरेशन के द्वारा। इसलिए एक ही सन्तान भाग्य में रही। दिन–भर किताबें पढ़ना, जब भी यह जल्दी आ जायें तो क्लब में चले जाना और मर्दों की प्रशंसा युक्त आँखों की धूप सेंकते रहना, बस यही कुछ काम रह गया था। यह ठीक ही कहते हैं, बेटी का

ब्याह हो गया तो क्या हुआ, चालीस वर्ष की आयु में मैं अब इतनी बूढ़ी कहाँ हो गयी कि एक बातें करने वाले, दिन–भर साथ चिपके रहने वाले साथी की आवश्यकता महसूस हो।

और जब कुछ दिन बीते इन्होंने बताया कि एक कमरा ख़ाली करवा लेना। कल नये किरायेदार आयेंगे तो मुझे याद आया कि मैंने ही यह फरमाइश की थी। इतना भी पता चला कि नवविवाहित जोड़ा है। सोचा, चलो ख़ूब चहल–पहल रहेगी। लेकिन एक कमरे में वह लोग कैसे रह पायेंगे। सोने का कमरा, बैठक आदि तो अलग होने ही चाहिए। फिर नयी–नयी शादी हुई है तो सामान भी ख़ूब सारा होगा।

दूसरे दिन दोपहर को एक रिक्शा मकान के आगे आकर रुका। मैं सड़क की ओर देख रही थी, और रिक्शा भी होंगी, लेकिन नहीं। एक बिस्तरबन्द और तीन अटैची–केसों के अलावा कुछ भी दिखायी न दिया। एक मर्द रिक्शा से नीचे उतर आया था और सिगरेट सुलगाकर दरवाज़े पर चढ़ी बैठी फूल–बेल को बड़े ध्यान से देख रहा था। लड़की रिक्शावाले को सामान उतारने को कह रही थी। और तब उन दोनों ने मुझे देखा। नमस्ते की। और उनके मुरझाये घबराये चेहरे देखकर ही मुझे पता चल गया कि यह विवाह माँ–बाप की मर्ज़ी के विरुद्ध हुआ है, यह लोग बिल्कुल बच्चों की तरह डरे–डरे और दुबके हुए हैं।

लड़की को देखकर मेरा मन भर आया। बेटी की याद आ गयी। लेकिन यह तो उससे भी छोटी रही होगी। इस बच्ची ने किस बलबूते पर माँ–बाप के विरुद्ध विद्रोह कर दिया होगा? भारी से खम्भे पर हाथ टेककर ऊपर आयी है। सफ़ेद राफ़ेद बाँहों में नीली–नीली नसों की मीनाकारी की हुई है। उसने बताया उसका नाम नलिनी है। फिर मर्द को देखा। वह बाग़ में लगे फूलों को देखने में मगन है। उसके हाथ की ओर देखा, नया सिगरेट सुलगा लिया है। तो पहला टुकड़ा उसने कहाँ फेंक दिया? फ़र्श पर से धुआँ उठ रहा है, पैर की ठोकर से सिगरेट नीचे गिराया, सफ़ेद संगमरमर पर काला धब्बा उभर आया था। उसी समय नौकर को गीले कपड़े से साफ़ करने का आदेश दिया। सोचा वह अपनी ग़लती की माफ़ी माँगेगा, पर नहीं। अब वह साफ़ शफ़ाक आकाश को बड़ी फुर्सत से घूरे जा रहा है। और मुझे उसी क्षण इस आदमी से नफ़रत हो गयी। अब सोचती हूँ

तो कारण कोई और ही समझ में आता है, उसका फ़र्श पर सिगरेट फेंकना नहीं। इस चौड़ी लाल पट्टी वाली साड़ी को पहनकर क्लब जाती हूँ तो लोग देखते हुए थकते नहीं। और यह? इसे ख़ाली आकाश को घूरने से ही फुर्सत नहीं। जैसे मेरा कोई अस्तित्व न ही हो।

उनके कमरे में मात्र कुछ मिनट ही सामान रखने की आवाज़ आयी। और लगता भी कितना समय? इतना कम सामान सजाने–सँवारने में। नौकर के हाथ मैंने चाय के दो प्याले भेजे। उसने आकर हैरानी से बताया कि रसोई का तो किसी प्रकार का सामान दिखा नहीं। यह लोग खाना कहाँ–कैसे बनायेंगे? हाँ सच। इनको कुछ बर्तन भिजवा दूँ। काम तो चलायें बेचारे। फिर खीझ उठी, यह ममता क्योंकर उमड़ी आ रही है। वह लोग माँगें तो सही।

दूसरे दिन नलिनी बरामदे में खड़ी माली को बाग में काम करता देख रही है। मैं भी अपने दरवाज़े में चुप–चुप ठहरी हूँ। फिर उसने माली के हाथ से कैंची ले ली और ठीक बीच बाग़ में लगे गुलाब के पौधे के पास जा ठहरी, सधे हाथों से कैंची चलाने लगी और पत्ते कान के आकार में कटकर उभरने लगे। प्रत्येक सुर्ख़ गुलाब का अस्तित्व अलग–अलग उभरकर सामने आ गया। लगा जैसे बालों से घिरे कान में कोई दहकता इयरिंग झूल आया है। उसने ज़रा परे हटकर पौधे को परखा, फिर बरामदे के शुरू में रखे दो गमलों का स्थान आपस में बदल दिया। और मैंने देखा कि बरामदा यूँ चमक आया जैसे मेकअप के बाद कोई साधारण युवती। क्योंकि बरामदे के किनारे लगे रंगीन पत्थरों से अब गमलों का रंग मैच कर रहा था। इतनी छोटी–सी बात मुझे आज तक सुझाई भी न दी।

और फिर उसने मुझे देख लिया। मेरे पास आ गयी। मैंने उसकी प्रशंसा की तो उसने बताया कि उसने अन्तःसज्जा में उपाधि ली हुई है और फिर अपनी कोठी...। बात उसने अधूरी छोड़ दी। तो लड़की किसी अमीर घराने की है। उसकी पीली रोशनी की लकीर–सी उँगलियों को ध्यान से देखा, कहीं पर खुरदरापन नहीं, जैसे घर का छोटा–मोटा काम करने से आ जाता है। इसका मतलब है इसके घर में ख़ूब सारे नौकर–चाकर भी रहे होंगे।

उसी दिन शाम को मैं उसे अपने साथ बाज़ार में ले गयी। छोटी कई सारी रंग–बिरंगी टोकरियाँ ख़रीदी गयीं और बरामदे में नलिनी ने लटका दीं। उनके बीच लगी बेलें और छोटे–छोटे फूल पक्षी–शिशुओं की तरह

छोटी–छोटी गरदनें बाहर लटकाएँ हैं जो हवा की थपकियों से झूमती रहती हैं। सारे बरामदे तथा लॉन में विभिन्न रंगों के छोटे–छोटे दृश्य सैर करते रहते हैं। एक दिन यह दफ़्तर से जल्दी आये। बरामदे की सीढ़ियों पर ही रुक गये। चश्मा उतारकर दीवारों पर लटके–झूमते–फूलते फूलों को देखा, बाग में गर्व से सिर उठाये विभिन्न आकारों को देखा और तेज़ कदमों से वह उन लोगों के कमरे में चले गये। मैं भी पीछे–पीछे। नलिनी उठ ठहरी। उसे इन्होंने अपने सीने से लगा लिया। बेटी की याद आ गयी है। मेरा जी भी भर आया। कमरे में दीवारें नंगी–नंगी, कहीं किसी प्रकार का कोई चित्र नहीं, कोई फूलदान नहीं। छोटी–सी मेज़ पर पड़ी चन्द किताबें और बड़ी–सी कुर्सी में गुम छोटी–सी नलिनी। और इस लड़की ने अन्तःसज्जा की उपाधि ली थी? किन–किन अरमानों से इसके माँ–बाप ने पाल–पोसकर बड़ा किया होगा। किसी बड़े घर में जायेगी, किसी परी की तरह घूम–घूमकर उस सात कमरों वाले मकान को सजायेगी। दरवाज़ों पर, खिड़कियों पर दोहरे परदे होंगे, मेज़ों पर उड़ान भरते परिन्दों वाले मेज़पोश होंगे और यह लड़की किसी छोटी–सी बिल्ली की तरह दिन–रात प्यार की धूप सेंकती रहेगी। और अब है यह कमरा? नंगा, कुरूप और सज्जाहीन। और यह लड़की बरामदों और बाग के पेड़–पौधों को सजाकर ही अपने मन की साध पूरी कर रही है। और शिव! हाँ, उसके पति का यही नाम था, पर मेरा क्रोध बढ़ आया। नारी मन नारी का पक्ष ही तो लेगा चाहे पुरुष का कोई कसूर न हो।

नलिनी से दिन–भर में कई बार बातें होती हैं। पर शिव से सामना कम ही होता है। जाने कैसी नौकरी है उसकी, सुबह मुँह अँधेरे ही चला जाता है। लौटता है तो कमरे में बन्द। बाज़ार का छोटा–मोटा सामान हमारा नौकर ले आता है या नलिनी मेरे साथ चली जाती है। यह कैसा विवाह है! न बाज़ार, न सिनेमा, न होटल और न क्लब। किसी त्रासदी के पात्रों की तरह कैसे चुपचाप दोनों आगे बढ़ रहे हैं, जैसे उनको अपने भाग्य के निर्णय का पता पहले से ही चल चुका हो।

और फिर अचानक मुझे ख़याल आया कि उसके पति को बोलता तो मैंने देखा–सुना ही नहीं। इतने महीने हो गये उसकी आवाज़ तक नहीं सुनी। कैसी होगी? मैं छत पर ठहरी धूप सेंक रही हूँ। वह नीचे लान में लाल रंग की कुर्सी पर बैठा किसी अदृश्य बिन्दु को दृष्टिबद्ध किये लगातार

सिगरेट पिये जा रहा है। और सचमुच पिछले एक घण्टे से उसने किसी ओर भी आँख उठाकर नहीं देखा। आसपास के फूल–पौधों, छतों पर खड़ी औरतों, चहकते परिन्दों से कटा हुआ और निर्लिप्त। उस काले पुलोवर में से एक सफ़ेद कालर बाहर निकल आया है। मैंने नोट किया कि उसकी बाहें शरीर के अनुपात से कुछ लम्बी हैं। हवा से कुछ बाल उड़कर उसके माथे पर आ गये। उसने बड़े सधे ढंग से हाथ उठाया और उसी मध्यम क्रिया से उसे नीचे कर लिया। बिल्कुल किसी आर्केस्ट्रा के कंडक्टर की तरह। लगा अभी फिर वह हाथ उठायेगा और सारे साज़ उसके हाथ के उतार–चढ़ाव के जादू तले उस संगीत–यात्रा पर चल पड़ेंगे जो बहुत लम्बी होगी। नलिनी बाहर आयी है। उसको चाय का प्याला पकड़ाती है। आसमान पर सैर कर रहे बादल के टुकड़े को देखती है और अन्दर से मफ़लर लाकर उसके गले में हौले से लपेट देती है। उसके पास ही गार्डन चेयर खींचकर बैठ जाती है। गहरे नीले रंग की साड़ी में वह बाग़ के तराशे किसी पौधे की तरह लग रही है। उस गहरे रंग के कंट्रास्ट में उसका सफ़ेद रंग मोतियों की तरह पीली आभा दे रहा है। शिव अब उसकी ओर ही देख रहा है। उसके चेहरे पर आयी मुस्कान ने उसके सारे व्यक्तित्व को बदल दिया है। लगता कि जैसे नाटक की पट–कथा ने अचानक कोई सुखद मोड़ ले लिया है, जिसका पता पात्रों को चल गया है। एक पत्ता उड़ता हुआ आया और किसी तितली की तरह नलिनी के कन्धे पर पड़ी साड़ी के पल्लू पर बैठ गया। शिव उठा, उँगलियों के पोरों ने उस पत्ते को पकड़ा, जैसे सचमुच ही तितली रही हो और नलिनी को दिखा कर उसे धीमे–से नीचे रख दिया है। दोनों ने एक–दूसरे को देखा और फिर अचानक हँस पड़े। वेगवान हँसी। पत्थर पर गिर रही लहरों की खनक जैसी। बिना बात की हँसी जो बढ़ती ही जा रही है। मुझे लगा गुलाब और चटक गये हैं, रात की रानी का झूलना–झूमना और बढ़ गया है। और दीवार पर लगी बेल के पत्ते कान खड़े करके उनकी बातें, हँसी सुनने के लिए आगे को झुके आ रहे हैं।

और मैं परे हट गयी। मूर्ख औरत। कमरे में लगे पर्दों और सजावट के दूसरे सामानों की इस हँसी से कोई तुलना कर सकती हो क्या? कारणहीन हँसी जो किसी ख़ुशबू की तरह उठी है और सारे घर में फैल गयी है। ऐसा होता क्या आज तक देखा है! क़िस्से–कहानी में पढ़ा है। जाने विवाह

का निर्णय लेने से पूर्व प्यार का कितना शक्तिशाली सम्बल इनके पास रहा होगा जो यह छलाँग इन लोगों ने लगा ली। इनमें उछल–कूद नहीं, आज के लोगों की तरह सारा समय चहकते नहीं रहते और मैं पागल किन–किन कुसम्भावनाओं की कल्पना करती रही। इस दृश्य ने सारा चित्र ही बदल दिया।

लेकिन नलिनी के पति की आवाज़ अब भी मैंने सुनी न थी। एक दिन उससे पूछ ही बैठी कि वह बोलता भी है या नहीं। नलिनी ने शायद मेरे अचम्भे को भाँप लिया था। उसने मेरा संशय दूर किया कि शिव बोलता ज़रूर है लेकिन तभी जब यह बहुत ज़रूरी हो। उसकी किसी भी आवश्यकता का पता उसकी आँखों से ही नलिनी को चल जाता है। और फिर इस ख़ामोशी के माध्यम से दोनों को बातें करना अधिक सहज लगता है। कई बार बैठे–बिठाये मेरे मन में यह बात ज़रूर आयी कि इस लड़की ने शिव में ऐसा क्या देखा कि उससे शादी कर बैठी। नौकरी साधारण है, किन्हीं क्षणों में सुन्दर ज़रूर लगता है, अधिकतर यूँ लगता है जैसा बैठा आपके पास है और देख किसी और को रहा है। और नलिनी। उसका सदा विनीत ढंग से बात करना, क्रोध में न आना, सधे–सधाये ढंग से उठना–बैठना, यह सब बताता है कि किसी सम्भ्रान्त परिवार की छाया–तले जमी–पली लड़की के स्वभाव में ही इन गुणों का सहज प्रकटन हो सकता है।

और फिर एक दिन शिव की नौकरी चली गयी। नलिनी को नौकरी मिलने का सवाल ही न था। इस मध्यम दर्जे के शहर के कॉलेजों में अन्तःसज्जा जैसा विषय कहाँ?

हालात के बिगड़ने का अन्दाज़ा तब लगा जब पता चला कि दो दिन से चूल्हा नहीं जला। हमारे यहाँ काम करने वाली माई कुछ समय उनके घर काम कर आया करती थी। आज छुट्टी का दिन है। यह भी बाहर बरामदे में बैठे अख़बार पढ़ रहे हैं। जाने क्या हुआ कि माई से पूछ बैठे,

"आजकल तुम उनके यहाँ काम नहीं करती?"

"नहीं बाबूजी। उनकी बीवीजी ने मनाकर दिया है। फिर उनके यहाँ अब काम कैसा। पकाने को तो कुछ है ही नहीं। दो दिन से चूल्हा नहीं जला।"

हालात यहाँ तक बिगड़ गये हैं इसका अन्दाज़ा हम दोनों को न था। वह मुझ पर बरस पड़े, "तुम औरत हो या डायन। वह लोग दो रोज़ से

भूखे हैं और तुम्हें इतना होश भी नहीं कि खोज–ख़बर ही ले डालो।"

और फिर यह उनके कमरे में चले गये। मैं पीछे–पीछे। नलिनी बेटी थी। इनको देखकर उठ बैठी। यह उसके सिर पर हाथ फेरने लगे।

"बेटा, मुझसे कहा होता। हम पराये थोड़े हैं।" और वह तब नन्ही निर्दोष बच्ची की तरह सुबक–सुबककर रोने लगी। शिव अब भी चुपचाप बैठा है। इन्होंने जेब में हाथ डाला तो नलिनी ने रोक दिया। उसने बताया कि इन्तज़ाम हो चुका है। कैसे? इसका पता मुझे चल गया। कलाई का वह स्थान जहाँ बड़ी–सी घड़ी बँधी रहती थी अब ख़ाली है, सफ़ेद निशान वहाँ उभर आया है। और फिर अपेक्षाकृत कठोर आवाज़ में इन्होंने शिव से कहा, "आपकी नौकरी छूट गयी है तो मुझसे बात करने में क्या आपकी हेठी हो जाती है। कल मेरे दफ़्तर आइये। कोई प्रबन्ध करेंगे।" और मैं भी इनके पीछे–पीछे उठ आयी। मन ख़ुश हुआ था कि यह भी शिव से नाराज़ हैं। इसका अर्थ यह हुआ कि मेरा अन्तःकरण उसके प्रति पक्षपात नहीं कर रहा है अपितु वह है ही ऐसा जिससे चिढ़ हो जाये...।

अख़बार के दफ़्तर में इन्होंने प्रूफ़ पढ़ने की उसकी नौकरी लगवा दी। वेतन तो अब पहले से भी कम मिलता है। लेकिन शिकायत दोनों में से कोई नहीं कर रहा। और अब शिव का दिखायी देना बिल्कुल बन्द हो गया है। कभी रात को काम पर जाना और कभी दिन को। और उसका चलना–फिरना तो वैसे भी अदृश्य–सा था; या मृतात्माओं की तरह। फिर उसके इस न बोलने के हम सब अभ्यस्त हो गये थे जैसे गूँगों के प्रति हम हो जाया करते हैं।

अचानक एक दिन मुझे पता चला कि शिव अब लगातार पीने लग गया है। काफ़ी रात गये उसने दरवाज़ा खटखटाया। बहुत बार। जाने क्या हुआ कि नलिनी न उठी। हार कर मैं ही बाहर आयी। दरवाज़ा खुलते ही बू का एक भभका मेरे मुँह पर पड़ा। कोई निहायत सस्ती शराब उसने पी रखी है और मुझे देखकर वह एकदम हटकर खड़ा हो गया। मैंने रास्ता छोड़ दिया और देखा कि बरामदे की छोटी–सी पौढ़ी चढ़ने में भी वह एक क्षण को झिझका। फिर खम्बे का सहारा लेकर वह कमरे की ओर बढ़ गया। उसके शरीर का कसाव बता रहा था कि मात्र मनोबल से उसने अंग–प्रत्यंग पर अधिकार किया हुआ है। उसने बहुत पी रखी है, मेरे लिए समझना सहज था। क्योंकि कई बार क्लब में मैंने अधिक पी लेने

पर लोगों को गिलास उठाने में भी दुविधाग्रस्त होते देखा है। संशय बना रहता है कि गिलास हाथ में आयेगा भी या नीचे गिर जायेगा।

नलिनी के पीले चेहरे से मेरे लिए अन्दाज़ लगाना कठिन नहीं कि उसके बच्चा होने वाला है। और इस बात ने मुझे शिव के और भी विरुद्ध कर दिया। घर में खाने को नहीं और किसी प्रकार का होशहवास नहीं, कोई प्रीकॉशन ही ले ली होती।

गयी रात को वह हमारा दरवाज़ा पीटे जा रहा था। मैं और यह दोनों उठे। नलिनी पतले लकीरी होंठों को कसे हुए लेटी है। इन्होंने गाड़ी निकाली। नलिनी को लपेटने के लिए कम्बल देने को कहा और वह बदहवास होकर चारों ओर देखने लगा। अत्यन्त भयभीत है। यह खीझ रहे हैं। नलिनी ने इशारा किया तो पता चला कि कम्बल उसके पैरों के नीचे है। इनकी खीझ बढ़ गयी। जब वह कम्बल ओढ़ाने की कोशिश करने लगा तो इन्होंने कहा, "आप परे हट जायें। कुर्सी पर बैठें। हमें काम करने दें।"

उसने सिगरेट सुलगाने की कोशिश की। दूसरी तीली से जली। हाथ काँप रहे हैं। उफ़। यह मर्द है, न ज़रा–सा सब्र न साहस।

नलिनी के लड़का हुआ। माँ–बेटा दोनों कमज़ोर। हस्पताल में खाना हमारे यहाँ से ही जाता रहा। उसके कमरे में भेजा तो उसने लौटा दिया, फिर कोशिश नहीं की। जाने कहाँ से खा लेता था। सात दिन के बाद नलिनी को हम लोग हस्पताल से ले आये। मैंने सोचा इतने पैसों का प्रबन्ध शिव ने कहाँ से किया होगा। उसके सूने कानों ओर उँगलियों को देखकर मुझे अपनी बात का उत्तर मिल गया। बच्चा बिल्कुल माँ पर है। कमज़ोर, पर सदा मुस्कराता हुआ। मैंने देखा नलिनी–शिव के चेहरे पर फिर रौनक लौट आयी। ख़ुश हूँ। शायद यह बच्चा इन दोनों को अपनी स्थितियों से बेख़बर करने में समर्थ हो सके। अब वह प्रायः नलिनी के पास बैठा रहता है, चाय भी वही बनाता है, जबकि वह ठीक–ठाक हो चुकी है। पैसों की कमी ने उनके प्यार की दीवार में जो पतली–सी दरार डाल दी थी उसे इस बच्चे ने भर दिया।

लेकिन शिव का नशे की हालत में घर आना बदस्तूर जारी रहा। और अब पता चला कि कई बार रातों को भी यह दोस्तों के यहाँ पड़ा रहता है।

बच्चा वैसे भी कमज़ोर था, एक शाम उसे शुरू मौसम की सर्दी लग गयी। दफ़्तर बन्द हो गया लेकिन शिव न आया। बच्चे का गला बन्द हो

गया, न रोना न हँसना। हम दोनों घबरा गये। इनको बुलवाया। डॉक्टर ने दवा दी, हौसला दिया। रात को दस बजे नलिनी ने फिर आ जगाया। शिव अभी तक नहीं आया था और बच्चा साँस बिल्कुल नहीं ले रहा था। रात के बारह बजे के आसपास बच्चे की मृत्यु हो गयी। मैं और वह रात भर उसके पास बैठे रहे। सुबह शिव दोस्त के यहाँ से सीधा दफ़्तर चला गया था। उसे बुलवाया और हम लोग चुपचाप बच्चे को दबा आये। नलिनी ने अभी तक उससे कुछ न कहा था। पर उसके कान के पास की नस लगातार फड़क रही थी। वह शिव की ओर देख तक न रही थी। हमारे यहाँ ही चाय बनी। शिव पर दहशत–सी छा गयी थी। यह ही हम तीनों को बहलाने की नाकाम चेष्टा कर रहे थे।

इसके बाद मैं भी नलिनी से मिलते हुए घबराने लगी। इतनी छोटी–सी लड़की में इतना गुस्सा। और पता यही लगता कि वह दिन–रात बिस्तर में पड़ी रहती है। इनसे बात हुई तो यह कह के टाल गये कि सारा दोष शिव को देना भी ठीक नहीं। अगर वह घर होता तो बच्चा कौन–सा बच गया होता।

हमारी बेटी के भी लड़का हुआ था। उसका पहला जन्मदिन यहीं पर मनाया जाना था। नलिनी तथा शिव दोनों को ताक़ीद कर दी कि शाम को उन्हें हमारे यहाँ ही खाना–पीना है। फिर से वह कुछ सँभल चुकी थी। उसने फूलों की देखभाल करनी शुरू कर दी थी।

शाम को मेहमानों की भीड़ सज गयी। उसी गहरे आसमानी रंग की साड़ी में नलिनी सबकी आँखों का केन्द्र बन रही थी। चाय आदि के बाद जब विशेष मेहमान ही रह गये, तो मर्द लोगों का पीने का कार्यक्रम शुरू हो गया। जब थोड़ी देर बाद मेरी आँखें शिव की ओर उठीं तो वहीं की वहीं रह गयीं। शराब पीने के बाद उसका सारा व्यक्तित्व ही बदल गया था। वह ख़ूबसूरत लग रहा था, बेहद ख़ूबसूरत। हालाँकि पीने के बाद लोगों का चेहरा बिगड़ जाता है, पर शिव के नैन–नक़्श लगा पिघल गये हैं। नलिनी बच्चे को गोद में लिये थी। मेरी बेटी ने बच्चा उससे वापस लेकर सुला दिया। नलिनी की आँखें जैसे धागे से बँधी बच्चे के पीछे–पीछे चलती रहीं। और तब जाने हम में से किसने नलिनी से गाने को कहा। उसने पंजाबी की एक कविता शुरू करने से पहले हमें समझाया कि 'थोर' कैक्टस को कहते हैं। उसने पहली लाइन कही...

ओ साजन मैं काँटों भरी थोर हूँ
जो उजाड़ों बीच पैदा हुई
या उड़ता हुआ बादल का वो टुकड़ा हूँ
जो पहाड़ों में बरस गया...

दीवार पर शिव की परछाईं हिली। उसने गिलास उठाया, मुँह से लगाया और नीचे रख दिया। नलिनी की आवाज़ को सुरीला तो नहीं कहा जा सकता था, पर यूँ लगा वह हम में से प्रत्येक के पास बैठी यह गीत गा रही है और उसकी साँसों की गर्म–गर्म हवा हमारी गर्दनों को छूकर सिहरा रही है। उसने गीत आगे बढ़ाया...

तुम्हारी याद के ऊँचे महलों बैठी
मैं रो रही हूँ,
हर दरवाज़े पर पहरेदार बैठे हैं
मैं किस रास्ते आऊँ...

रोशनदान और दरवाज़े ज़ोर से खटखटाये। जनवरी की निर्दय हवा अन्दर आने के लिए दस्तकें दे रही है। शिव की परछाईं का हाथ इस बीच कई बार उठा है, नीचे गिरा है।

नलिनी के गले में काले पत्थरों की माला किसी जोगन के गले में लिपटे नाग की तरह हिल रही है...

हे बागों वाले अब तुम्हारे बाग़ में
मेरा जी नहीं लगता
और इन काँटों में खड़ी–खड़ी
मैं अपने सौ–सौ दुःख सुना रही हूँ।
ओ साजन...।

गाना ख़त्म हुआ तो शिव चुपचाप उठ ठहरा। उसका हाथ माथे पर आये बालों को पीछे करने के लिए कई बार उठा और बीच से मुड़ आया।

और उस सारी रात बड़े ज़ोरों से हवा चलती रही। शायद पहाड़ों पर बर्फ़ पड़ी हो। अंगूर बेल के सूखे पत्ते रात भर बरामदे में, आँगन में सर्पीली आवाज़ें करते हुए, कभी इधर–कभी उधर भटकते रहे। बरामदे की दीवारों पर लगी टोकरियाँ नीचे गिर गयी थीं और फूल पौधे अस्त–व्यस्त हो गये थे।

और दूसरे दिन नलिनी शिव को छोड़कर चली गयी। सोचती हूँ इसका कारण ज़रूर मेरी बेटी का लड़का रहा होगा। उसे देखकर नलिनी को ज़रूर अपने बेटे की याद आ गयी होगी। और फिर हो सकता है उसमें और शिव में कोई बात हुई हो, नलिनी के वह गीत गाने के बाद।

शिव दिखायी देता है तो नलिनी की याद आने लगती है। नलिनी उसे छोड़ गयी इस बात पर मैं हैरान नहीं। अभी तक समझ नहीं आ सका था कि नलिनी ने उससे शादी कैसे कर ली। और बिना आहट किये उसे आते–जाते देखती हूँ तो उनका वह हँसता हुआ दृश्य आँखों में आकर अटक जाता है।

पता चला वह भी जा रहा है। किसी और शहर में नौकरी मिल गयी है। वह खुद मेरे कमरे में आया था। उसे बैठने को कहा। अरे, इतने कम दिनों में इसका क्या हाल हो गया है! चेहरे पर से रक्त जैसे खिंच ही गया है। पास से पहली बार देखा। आँखें कितनी रहस्यपूर्ण हैं, किसी सरोवर के ठहरे हुए काले जल की तरह।

"मैं भी जा रहा हूँ।"

मैं चौंक गयी। उसके न बोलने की इतनी अभ्यस्त हो गयी थी कि आवाज़ सुनकर घबरा गयी। लगा वह बैठा मेरे पास है और आवाज़ कहीं और से आ रही है। जाने क्यों इस क्षण उसे देखकर नलिनी की निर्दयता पर क्रोध आ रहा है।

"आप भी क्या कहेंगे कैसा मनहूस मकान है, ज़रा बराबर सुख भी आपको न मिला।"

वह मेज़ पर उँगलियों से लकीरें खींचकर कोई आकार बनाने की कोशिश कर रहा है। वह उठा, मैं उठी। जाने कैसे उसके कन्धे पर हाथ रख दिया। शायद सहारा देना चाहती थी। उसकी वह लम्बी बाहें दो नागों की तरह मेरे आसपास कसती जा रही हैं और मैं एक ब्याही बेटी की माँ उसे अपने से दूर नहीं कर रही अपितु उसकी छाती पर सिर रखकर फूट–फूटकर रो रही हूँ। शिव ही मुझे अलग न करता तो जाने क्या–क्या हो जाता।

अब तो मकान को ख़ाली पड़े अरसा हो गया है। बाग़ ने फिर से जंगल की–सी सूरत धारण कर ली और अब शिव के साथ नलिनी के विवाह पर मुझे आश्चर्य नहीं होता। जैसे मैं उस दिन अवश हो गयी थी वैसे ही उसे देखकर नलिनी भी अवश हो गयी होगी और फिर...।

सबसे लम्बा बौना

मैं इस शहर में नया–नया आया था। बहुत भाग–दौड़ के बाद राधा–भवन में ऊपर की मंजिल पर एक कमरा मिल सका। बैंक में साथ काम करने वालों ने जब सुना कि मैं राधा–भवन में रहने लगा हूँ तो एक ने एक–दूसरे की ओर देखा, जासूसों की तरह गुप्त मुस्कानों का आदान–प्रदान किया। एकाध ने कोई आवाज़ भी कसी, जिसका अर्थ मेरी समझ में न आया।

मकान के किराये की बातचीत मालकिन से ही तय हुई थी। वह दो बच्चों की माँ थी और उसके शरीर के प्रत्येक अंग पर अनावश्यक मांस चढ़ा हुआ था। उसे देखकर मुझे एकदम से उस सन्तुष्ट भैंस का ख़याल आया जो चारा खाने के बाद जुगाली कर रही हो। मालकिन ने मुझे ताक़ीद कर दी कि किराया उसी के हाथ में ही दिया जाना चाहिए। मैं समझ गया कि यह उन औरतों में से है जिन्हें मर्द–मार कहते हैं। मैंने पेशगी किराया दे दिया।

रात आधी अवश्य गुज़र चुकी होगी। नीचे की सीढ़ियों का दरवाज़ा कोई बड़े ज़ोर–ज़ोर से खटखटा रहा था। ऊपर और तीन किरायेदार और ख़ुद मकान के मालिक भी रहते हैं। मैंने उठने की आवश्यकता न समझी। जानता हूँ मुझसे इस समय कोई भी मिलने वाला नहीं आ सकता और किसी के घर आया होगा, ख़ुद कोई–न–कोई उठकर नीचे का दरवाज़ा खोलेगा।

दरवाज़े पर पिछले दस मिनट से दस्तकें दी जा रही हैं। अब तक तो मकान में रहने वाले सारे किरायेदारों को उठ बैठना चाहिए, नीचे जाना चाहिए, लेकिन ऊपर का कोई भी दरवाज़ा खुलने की आवाज़ न आयी। अब सीढ़ियों के दरवाज़े पर बहुत ज़ोरों से आवाज़ें आ रही हैं और मुझे धड़ाक–धड़ाक के शोर से अन्दाज़ा हो गया कि नीचे के दरवाज़े पर किसी बड़े पत्थर से चोटें की जा रही हैं। मैं चारपाई से उठकर अपने कमरे के

बाहर खड़ा हो गया। मकान मालकिन का दरवाज़ा खुला। उसके कपड़े अस्त–व्यस्त थे जिनमें से उसके बेडोल अंग बाहर झलक आये, लटक आये थे। उसके चेहरे पर असीम झुँझलाहट थी। वह झटके–से सीढ़ियाँ उतर गयी। दरवाज़ा खुला। उसकी मोटी आवाज़ ने एक गन्दी–सी गाली दी जैसे कि इस प्रदेश की अनपढ़ औरतें बात–बात में निकालती हैं। फिर कुछ झगड़े की आवाज़ें आयीं। और किसी को कमीज़ के कॉलरों से पकड़कर घसीटती हुई ऊपर ले आयी। रात के अँधेरे में उसकी सूरत मैं ठीक से देख न पाया। सोचा उसका आवारा किस्म का लड़का होगा, घर देर से आने पर गालियाँ दे रही है, पीट रही है। यह शायद प्रति–रात्रि का सिलसिला होगा, इसीलिए और कोई भी किरायेदार न उठा, कोई भी दरवाज़ा न खुला।

सुबह अभी सोकर उठा भी न था कि दरवाज़े पर किसी के ज़ोर–ज़ोर से पुकारने की आवाज़ें आने लगीं। मैं एक झटके से उठ ठहरा। इतनी भारी–भरकम आवाज़ किसी आदमी की हो सकती है यह सोचा भी न था।

और जब दरवाज़े पर खड़े आदमी को देखा तो हैरान रह गया। यह बौना है। एक लम्बा बौना। कद किसी सूरत में चार फुट से ऊपर न था। बाल सैनिक ढंग पर बहुत छोटे–छोटे कटे हुए थे। ऐनकों के अन्दर से उसकी बैल जैसी गोल–गोल आँखें जैसे शीशे तोड़कर बाहर आने को संघर्ष कर रही थीं। मुझे पता चल गया कि यह कोई सस्ता नशा करता है।

उसने गड़गड़ाती आवाज़ में बताया कि वह मकान मालिक है और मुझसे किराये की माँग की।

जब मैंने उसे बताया कि किराया तो मैं मालकिन को दे चुका हूँ तो सैनिक मुद्रा में तना हुआ उसका शरीर ढीला पड़ गया। उसके चेहरे के छोटे–छोटे भागों में खिंचाव आ गया।

"वह तो बड़ी गन्दी औरत है साहब। सबसे पैसे ख़ुद वसूल कर लेती है, मुझे जेब–ख़र्च को भी कुछ नहीं देती। और रोज़ मुझे मारती भी है। पर जनाब मौक़े की बात है। जिस दिन मेरे हाथ चढ़ गयी बस फिर याद करेगी।"

मैंने नोट किया कि स्टेज के खलनायकों की तरह उसे हाथ उठाकर और आँखें इधर–उधर घुमाकर बात करने की आदत है। संवाद भी बिल्कुल फ़िल्मी ढंग से बोलता है। मैंने सोचा कि यह चार फुट का आदमी उस

लम्बी–तगड़ी पत्नी को क्योंकर ठीक करेगा। उसकी कमर तक भी तो नहीं पहुँचता।

तभी नीचे का दरवाज़ा खटका। गाँव का दोधी दूध देने ऊपर आ रहा है। इसके चेहरे पर अपार घृणा तैर गयी है।

सोचा, मालकिन दरवाज़े पर आकर दूध लेगी। लेकिन नहीं। वह आदमी धड़ाके से अन्दर चला गया। फिर मालकिन ने कमरे का दरवाज़ा बन्द कर दिया। काफ़ी देर तक अन्दर से कहकहों की आवाज़ें आती रहीं।

फिर तेज़ कदमों से यह बन्द दरवाज़े के सामने पहुँच गया। इसने दोहत्थड़ पीटना शुरू कर दिया। कुछ देर बाद दरवाज़ा खुला। दोधी के स्वस्थ शरीर ने दरवाज़े को जैसे भर दिया। यह अपने दोनों छोटे–छोटे हाथों से उछल–उछलकर उसकी छाती पर मुक्के मार रहा है और दोधी लगातार हँसे जा रहा है। फिर उसने बड़े हल्के हाथों से इसे परे धकेल दिया। इसका छोटा–सा, निर्बल शरीर इस हल्के धक्के से नीचे गिर गया और वह दोधी बड़ी विजयी मुस्कानें उछालता हुआ नीचे उतर गया।

अब वह हाथ–पैर पटक–पटककर बीवी को गालियाँ दिये जा रहा है। उन दोनों का ख़ून करने की धमकियाँ दे रहा है, बीवी के माँ–बाप, उसके सारे खानदान का बखान मोटी–मोटी पंजाबी गालियों के माध्यम से कर रहा है। शायद वह हद से आगे बढ़ गया है। बीवी अन्धड़ की तरह बाहर आती है, उसको हाथ से पकड़ती है और घसीटती हुई अन्दर ले जाती है, दरवाज़ा बन्द हो जाता है। अन्दर से मार–पिटाई और इसकी गालियाँ देती, मोटी खलनायकी आवाज़ें बहुत देर तक गूँजती रहती हैं।

बैंक में चाय पीते हुए खजाँची ने इस लम्बे बौने के बारे में बताया कि उसका बाप शहर का प्रसिद्ध व्यापारी था। जिस मुहल्ले में मैं किराये पर रहता हूँ वह सारा–का–सारा उनका था। पिता की मृत्यु के पश्चात लड़के ने एक–एक करके सारे मकान बेच डाले क्योंकि किसी प्रकार का कोई काम कर लेने का उसके लिए सवाल ही नहीं उठता था। पढ़ाई हुई ही नहीं क्योंकि साथ पढ़ने वाले लड़के उसे बहुत छेड़ते थे, पीटते थे। बाप ने पैसे के बल पर इस लड़की से इसकी शादी कर दी।

आज तक इस बौने पर हर कोई हुक़्म चलाता आया था, राज करता आया था और शादी के बाद पहली बार कोई उसके हत्थे चढ़ा जो उसकी

आज्ञा का पालन करे, बात माने। मर्द की सारी पाशविक और निरंकुश प्रवृत्तियाँ जो बीस वर्ष तक दबी रही थीं, शासित थीं, किसी जंगली जानवर की तरह बन्धन तुड़ाकर अपनी सारी कुरूपता के साथ उसमें प्रकट हो गयीं। दुर्भाग्य से विवाह के कुछ महीनों बाद ही बाप की मृत्यु हो गयी। अब उसे रोकने–टोकने वाला कोई भी न था। बीवी को बात–बात पर गालियाँ देना साधारण बात थी। सब मकानों का किराया वह ख़ुद वसूल करता था और नशे में धुत्त जब घर आता तो बीवी को बेतहाशा पीटता था। क्योंकि उसके हाथ कद्दावर बीवी के चेहरे पर न पहुँचते थे इसलिए वह चारपाई पर खड़ा होकर उसके मुँह पर थप्पड़ मारा करता था, विक्षिप्तों की तरह नाच–नाचकर उसका मुँह और बाल नोचता था। समय बीतने के साथ–साथ उससे दो बच्चे भी हुए जो बाप की तरह बौने ही थे और अपने जैसे बच्चे देखकर उसकी क्रूरता और अधिक बढ़ गयी। नशा करने की इस हद तक बात बढ़ गयी कि कई बार घर में खाने को भी कुछ न बचता था। मुहल्ले के सारे लोगों के आगे पत्नी ने रोना रोया और किरायेदारों ने मिलकर निर्णय लिया कि आगे से किराये के पैसे बीवी को ही दिया करेंगे।

और एक दिन तो उसका अत्याचार सीमा लाँघ गया। जब पत्नी को पीटते–पीटते उसके नन्हे हाथ थक गये तो उसने पास ही पड़ी ईंट उठा ली। अपने बचाव की सहज प्रवृत्ति उस औरत में भी जागृत हो गयी। उसने पति का हाथ धीरे–से परे कर दिया। इस हल्के–से धक्के से वह गिर पड़ा। अब स्त्री को पता चला कि न वह निरीह है और न ही निर्बल। पति के ज़मीन से उठने से पहले ही उसने उसे बालों से पकड़ लिया, इतना मारा कि पति के नाक–मुँह से लहू निकलने लगा और अगर आसपास के लोग न छुड़ाते तो शायद वह उसकी जान ही ले लेती।

और तब से उसके बुरे दिन आरम्भ हो गये। पत्नी उससे प्रतिकार लेने के लिए तरह–तरह के मर्दों से सम्बन्ध रखने लग पड़ी। पता नहीं अपने माँ–बाप के प्रति, सारे संसार के प्रति उसके मन में कितनी घृणा होगी कि इस लम्बे बौने को उसे अपना पति मानना पड़ रहा है। आज तक उसके साथ बाहर नहीं निकली। नयी–नयी शादी हुई थी, दोनों कोई फ़िल्म देखने चले गये और वहाँ बैठे लोग सिर्फ़ इन्हें ही देखते रहे, मनचले तीन घण्टे इन पर आवाज़ें कसते रहे। वह दिन और आज का दिन, वह पति के साथ फिर घर से बाहर नहीं निकली।

अब मैं उनके रोज़–रोज़ के झगड़ों का अभ्यस्त हो गया हूँ। दूसरे किरायेदारों की तरह बड़े तटस्थ भाव से सारी घटनाओं को देखता रहता हूँ। धीरे–धीरे पता चला कि इस आदमी को प्रकृति ने बहुत कुछ दिया है। अक्सर मेरे पास आ बैठता है, कभी–कभार एकाध रुपया भी माँग लेता है। मेरा विदेश से मँगाया ट्रांजिस्टर ठीक नहीं चल रहा। मैं नहाने गया। कमरे में लौटकर देखा तो यह सारा ट्रांजिस्टर खोले बैठा है और बड़ी लगन से उसे ठीक कर रहा है। गुस्सा आया, कहीं ख़राब न कर दे। लेकिन नहीं, मात्र एक घण्टे में इसने ठीक कर दिया और यह नये की तरह बजने लगा। मैं पिछली शाम बाज़ार दिखाकर आया था, दुकानदारों ने ठीक करने के बीस रुपये माँगे थे। इसने मुझसे केवल पाँच रुपये लिये। मैंने उससे कहा कि वह क्यों नहीं यही काम करता, थोड़े–थोड़े पैसों के लिए बीवी के आगे हाथ पसारता है।

उसने दुनिया को मोटी–मोटी गालियाँ देते हुए बताया कि लोग उससे काम करवा लेते हैं, बाद में या तो पैसे बिल्कुल नहीं देते अथवा एक रुपया पकड़ा देते हैं। यह झगड़ा करता है तो धक्के देकर बाहर निकाल देते हैं, पीट देते हैं और वह किसी दुकान पर काम करने से रहा।

मैंने महसूस किया कि लगातार मिलने के कारण अब मैं उसे लम्बे बौने के रूप में नहीं अपितु एक साधारण मानव की तरह लेता हूँ। उसकी बातों से पता चला कि जो ट्रैजडी उसके साथ हुई है वही उसके बौने बच्चों से दोहरायी जा रही है। वह भी स्कूल नहीं जा पाते, क्योंकि साथ पढ़ने वाले बच्चे गालियाँ देते हैं, छेड़ते हैं, पीटते हैं। बच्चे माँ–बाप से गालियाँ सीख गये हैं और छोटे–बड़ों पर इनका निधड़क प्रयोग करते रहते हैं, बाप की तरह माँ से पिटते रहते हैं। कहने वालों का ख़याल है कि बीवी किराये के पैसे बैंक में जमा कराती रहती है, कभी भी इसे छोड़ देगी, शायद इसी भय से वह उससे दबा रहता है।

ऊपर एक नया किरायेदार आ बसा है। बीस–इक्कीस वर्ष का स्वस्थ लड़का है। किसी दफ़्तर में क्लर्क है। बिल्कुल फ़िल्मी एक्टरों की तरह रंग–बिरंगे कपड़े डालता है, चलते–फिरते हर वक़्त गाने गाता है और कसी हुई तंग पैंटों के अन्दर से उसकी मोटी–मोटी टाँगें जैसे कपड़ा फाड़कर बाहर आने के लिए विद्रोह करती रहती हैं। कुछ दिनों में ही मकान–मालकिन के पास उसका आना–जाना हो गया है। पहले वाले

मर्द तो कुछ देर के लिए आते थे, वापस लौट जाते थे लेकिन इसने तो उसके घर पर कब्ज़ा कर लिया है। रोटी वहीं खाता है, कपड़े वहीं धुलते हैं और रात होते ही वहीं पर सोने के लिए चला जाता है।

इसने उससे उलझने की कोशिश की तो बिल्कुल फ़िल्म के नायक की तरह उसने बाँहें ऊपर चढ़ायीं, इसे घूरकर देखा और फिर बुरी तरह पीट दिया। इसका शरीर कई जगहों से सूज गया। सारा मुहल्ला इस अनाचार को देख रहा है, बीवी और नये किरायेदार के विरुद्ध हो गया है लेकिन इस कपटी औरत से कुछ करने का, उलझने का साहस कोई भी नहीं करता। कीचड़ में हाथ डालने पर अपने ऊपर छींटे तो पड़ेंगे ही। अब तो वह बाबू इस औरत को सरे–आम बाज़ार ले जाता है, फ़िल्म ले जाता है और सारे मुहल्ले के लोगों को बड़े भयानक ढंग से घूरता हुआ बाहर निकलता है। बिल्कुल फ़िल्मी जीवन जी रहा है। उसकी बातों से पता चला कि अब बीवी उसे अपने पास फटकने तक नहीं देती।

और एक रात तो हद हो गयी। दिसम्बर का महीना, वह आधी रात को घर लौटा। पहले तो बीवी ने बड़ी देर के बाद दरवाज़ा खोला और फिर जब उसने उस बाबू को अन्दर देखा तो बिल्कुल बिफर गया। बीवी के लम्बे बाल अचानक इसके हाथों में आ गये। वह उसे पीटती जा रही है और यह अपने सारे वजन के साथ उसके बालों से झूल गया है। बीवी की चीख़ें निकल रही हैं और तभी वह बाबू बाहर आ जाता है, बीवी को इसके हाथों से छुड़ाता है। दोनों मिलकर इसे बेतहाशा पीटते हैं, यह बेहोश हो जाता है और वह दोनों अन्दर से दरवाज़ा बन्द कर देते हैं।

वह किसी घायल कुत्ते की तरह आसमान की ओर मुँह उठाकर लगातार लम्बी आवाज़ों में रोये जा रहा है। मैं बाहर निकला हूँ। इतना पिटने के बाद, दिसम्बर की इस सर्दी में रात भर बाहर पड़ा रहा, तो सुबह तक अकड़ जायेगा। इसे लगभग उठाकर कमरे में लाता हूँ। दो कम्बल देता हूँ। यह रो–रो कर मुझसे कहता है कि इसकी जान बचाऊँ नहीं तो यह बाबू और इसकी बीवी किसी दिन इसकी जान ही ले लेंगे और मुझे उसकी यह बात सच लगती है। यह असहाय, छोटा--सा शरीर कब तक इतनी मार सहता रहेगा।

सुबह मुहल्ले के लोगों ने भी इस बारे में मुझसे बात की। सब इस तमाशे और गन्दगी से तंग आ चुके हैं। कुछ–न–कुछ तो करना चाहिए।

वर्ना यहाँ रहना तो नरक होता जा रहा है। बैंक में स्थानीय थानेदार का हिसाब है। मुझसे उसकी अच्छी जान–पहचान है। उसे सारा क़िस्सा सुनाया। उसने क़ानून की किसी धारा का नाम बताते हुए सूचना दी कि सारा मुआमला बहुत आसान है। अगर पति लिखकर शिकायत करे और मुहल्ले के कुछ लोग भी गवाही दें, तो उन दोनों को पूछताछ के लिए पकड़ा जा सकता है। फिर उस औरत तथा बाबू की जमानत भी कौन देगा। कुछ दिन थाने में रहेगी तो होश ठिकाने आ जायेंगे, सारी आशिकी भूल जायेगी।

मैंने दिन में ही उसे बैंक में बुलाकर सब कुछ–लिखा लिया तथा यह प्रार्थना–पत्र थाने भिजवा दिया। शाम को जब सब लोग दफ़्तरों से आकर बैठे ही थे, तो थानेदार दो सिपाहियों के साथ वहाँ आ गया। लोग मेरे कमरे में ही बैठे। वह सीना चौड़ा किये उस बाबू और अपनी बीवी को देख रहा था जिन्हें पुलिस ने मेरे कमरे में ही बुला लिया था। थानेदार को देखते ही बाबू के होश उड़ गये हैं। फ़िल्मी अन्दाज़ वाला सारा अक्खड़पन हवा हो गया है। उसकी मोटी टाँगों की अकड़ कम हो गयी है। एक के बाद एक मुहल्ले के बुजुर्ग उनके ख़िलाफ़ बोल रहे हैं और थानेदार सब–कुछ लिखकर उनके हस्ताक्षर कराये जा रहा है। औरत पति के पाँव छू रही है, आगे से ठीक रहने की कसमें खा रही है, लेकिन पीछे जितनी मारें पड़ी हैं, उसे सब याद है। फिर मैंने भी दिन को काफ़ी समझा दिया था, वह बिल्कुल दयावान नहीं हो सका।

पुलिस उन दोनों को ले जाती है। मुहल्ले की औरतें खिड़कियों से झाँककर यह नज़ारा देख रही हैं। सब ख़ुश हैं, सब के चेहरे इस बात से सन्तोषपूर्ण दिखायी दे रहे हैं। उसके जाते ही इस लम्बे बौने ने आँगन में अपने छोटे–छोटे हाथ उठाकर नाचना शुरू कर दिया। दोनों बच्चे एक किनारे में सहमे खड़े हैं। माँ की देखा–देखी वह भी बाप को ख़ूब गालियाँ निकालते आये हैं। सब डर गये हैं। इसने एक–एक चाँटा मारकर बच्चों को किताबें निकालकर पढ़ने को कहा। दोनों चुपचाप अपना बस्ता खोलकर एक कोने में बैठ गये।

शायद पहली बार उसका अस्तित्व स्वतन्त्र हुआ है। आज घर में ही बैठकर उसने पी, नौकरानी पर अपनी भारी खलनायकी आवाज़ में कई हुक़्म चलाये। एक–एक किरायेदार के पास जाकर ताक़ीद की कि आगे

से किराया उसी को दिया जाये। सब लोग इस समय उसकी सहायता करने का निर्णय किये हुए हैं। अतः कहा मान गये।

अब मुहल्ले में शान्ति है। थानेदार ने मुझे बताया कि वह कुछ दिनों में ही कोर्ट में मुआमला पेश करेगा, दोनों के सिर से आशिक़ी का भूत काफ़ी उतर चुका है। फिर आँख दबाकर मुझे सूचना दी कि पुलिस अच्छे–अच्छे लोगों के भूत उतार देती है। बाबू ने वादा किया है कि वह यह शहर छोड़ जायेगा। आख़िर भरे बाज़ार से परेड कराते हुए उसे थाने तक लाया गया है, किस मुँह से इस शहर में रह पायेगा।

घर, मुहल्ले में बिल्कुल शान्ति है। थाने में पहुँचे हुए उन्हें तीन दिन हो चुके हैं। अब भी वह देर से घर लौटता है और आँगन में खड़ा होकर अपनी अनुपस्थित बीवी को उछल–उछलकर गालियाँ देता है, मन में भरा सारा ज़हर उगलता है।

आज सुबह से उसके रंग बदले हुए हैं। वह बड़े ढीले क़दमों से यहाँ–वहाँ घूम रहा है। बच्चे जब भी उसे देखते हैं, किताबें खोल लेते हैं। वह उन्हें थोड़े–से पैसे देता है, बाहर जाकर खेलने को कहता है। वह चकित से बाप को देखते हैं, एक झटके से उसके हाथ से पैसे ले लेते हैं और तीर की तरह बाहर भाग जाते हैं।

मैंने एकाध बार बात करने की कोशिश की, तो वह कतराकर आगे निकल जाता है। आज कुछ कटा–कटा है।

रात को अचानक मेरी नींद खुल गयी। किसी के गाने की आवाज़ आ रही है। दरवाज़ा खोलकर देखा, वह बाहर दिसम्बर की सर्द चाँदनी में बैठा बिरहा गा रहा है। मैंने कल्पना भी न की थी कि वह इतना अच्छा गा सकता है। तो उसे शास्त्रीय संगीत का भी ज्ञान है। मैं दरवाज़े में मन्त्र मुग्धखड़ा उसकी आवाज़ सुनता रहा। आज घर की सारी खिड़कियाँ–दरवाज़े मुझे सुनसान लग रहे हैं, उदास लग रहे हैं। उसे शायद मेरे वहाँ पर खड़े होने का आभास हो गया है। उठकर पास आ जाता है। उसका सारा चेहरा आँसुओं से तर हो गया है। मुझसे मरी हुई आवाज़ में कहता है कि उसकी पत्नी को पुलिस से छुड़वा दूँ।

मैं सकते में आ जाता हूँ। उसे समझाता हूँ कि पुलिस अपने–आप कुछ दिनों में छोड़ देगी। फिर उसकी बीवी उसे कितना पीटती है। कितना अत्याचार करती है।

वह फिर उसे छुड़ा लाने की रट लगाये हुए है, 'पीटती है तो क्या हुआ, कभी–कभी पास भी तो आने देती है।'

और फिर उसकी बात का सारा–का–सारा सत्य मेरे आगे उजागर हो जाता है। हाँ, और कौन औरत इसे हाथ भी लगाने देगी। पास आने देना तो दूर रहा। और फिर पुरुष की सबसे बड़ी आवश्यकता औरत ही तो है। क्या हुआ अगर वह दुःख के जलते हुए अंगारे की तरह है। हम सब इस अंगारे के साथ बँधे हुए हैं और बँधे हुए रहना है। पीड़ा, जलन, दुःख इन सबको सहजभाव से सहन करते जाना है। इस जलते हुए अंगारे से कटना, अलग होना कठिन है। शायद सृष्टि के अन्त की यही अन्तिम स्थिति होगी।

मैंने उससे वादा किया कि कल ही उसकी बीवी को थाने से छुड़ा दूँगा और इसके साथ ही दूसरी सुबह वहाँ से मकान बदलने का निर्णय भी कर लिया।

किसी और का दुःख

उसके दाँत थोड़े–से टेढ़े हैं, उसकी नाक थोड़ी–सी टेढ़ी है और वह मुझे अच्छी लगती है।

मेरे कमरे में सूरज शाम को पाँच बजे निकलता है क्योंकि उसके दरवाज़े और खिड़की पश्चिम की ओर खुलते हैं और अस्त होते हुए सूर्य की रोशनी ही यहाँ पहुँचती है।

मैं थोड़ा–सा सिर मोड़कर देखता हूँ। थोड़ा इसलिए कि हिलने से वह जाग न जाये। उसका सिर मेरे बायें कन्धे पर रखा है। वह हिलती है, सिर और ज़ोर से मेरे कन्धे से सटा लेती है और फिर पूर्ववत किसी शिशु–पक्षी की तरह उसका वक्ष धीरे–धीरे ऊपर–नीचे होना आरम्भ हो जाता है। हाँ, आज मैं और वह अकेले हैं। वह जो अनुपस्थित है, इस समय उपस्थित नहीं, जैसा कि आज तक होता रहा है।

पहली बार उसे देखा था तो मन में भय की भावना व्याप्त गयी थी। शायद अपनी नियति को देखकर, अपना भविष्य किसी के पास गिरवी रखने पर ऐसा ही होता है। वह सोफ़े के एक कोने पर बिल्कुल दुबककर बैठी है। जैसे धूप में बैठी बिल्ली को देखकर गोद में उठाने का, दुलारने का मन हो आता है, वैसी ही इच्छा उसे देखकर मन में आयी थी। मुझे अपना–आप बुरा लगा। अच्छा, अपनी निर्बलता का ज्ञान हो जाये तो किसे बुरा न लगेगा! उसकी आँखें मिस्टीरियस हैं, रहस्यपूर्ण हैं। मात्र एक बार उसने पूरी आँखें खोलकर देखा और मेरा लहू ज़म गया, थम गया। भय, भय, फिर वही भय। काली झील के जल जैसी अतल और अगम्य आँखें.. .और अँधेरा है कि वहाँ जमा हुआ है, कुण्डली मारकर बैठा हुआ है। और फिर मैंने उन आँखों के द्वार पर लगे हुए बड़े–बड़े लौह–कपाट देखे। प्रवेश–द्वार बिल्कुल बन्द है, और मैं उदास हो गया।

तब मैंने देखा, उसके दाँत थोड़े–से टेढ़े हैं, उसकी नाक थोड़ी–सी टेढ़ी है और वह मुझे अच्छी लगती है।

सिगरेट जलाया। माचिस जलने की आवाज़ से उसका छोटा–सा कान थोड़ा–सा हिलता है और वह अधिक ज़ोर के साथ मेरे गले के साथ अपना मुँह सटा लेती है। मैं उसके माथे को होंठों से सहलाता हूँ। वह आश्वस्त हो जाती है, साँस पूर्ववत धीरे–धीरे चलने लगती है। खिड़की के बाहर सिगरेट का धुँआ फेंकता हूँ। हवा आज इसी ओर चल रही है, सारा का सारा धुआँ कमरे में वापस लौट आता है और धीरे–धीरे तैरता रहता है, फिर समाप्त हो जाता है।

नीचे सड़क पर से तांगा गुज़र रहा है, घोड़े की टापों की आवाज़ पहले ज़ोर के साथ सुनायी देती है, फिर धीमे–धीमे हल्की पड़ जाती है और वातावरण में खो जाती है।

रोयी वह उस दिन भी थी और तब मुझे बुरा लगा था, बहुत गुस्सा आया था। सुर्ख़ फूलों और सर्द पत्थरों के शहर चंडीगढ़ की वह शाम। झील बिल्कुल सुनसान थी। जल स्थिर और काला जैसे रात के व्यापक अँधेरे की काली चादर झील पर बिछ गयी हो। दूर पहाड़ पर बने मकान में जल रही रोशनी बहुत अकेली, सुनसान और उदास लग रही है। झील के किनारे की सारी रोशनियाँ बुझी हुई हैं। शायद बिजली चली गयी है। हम नीचे सीढ़ियों पर बैठे हैं। इस सर्दी में ठण्डा पानी पैरों को दुखद सुख दे रहा है। फिर काले अँधेरे में, काले जल की सतह पर काला धब्बा दिखायी दिया। पंखों के फड़फड़ाने की आवाज़ से अन्दाजा हुआ, कोई परिन्दा है। शायद डार से अलगा गया है, देर से घर लौट रहा है। मैंने सोचा, क्या पक्षियों को रात के अँधेरे में दिखायी देता होगा! हम दोनों बहुत देर से चुपचाप बैठे हैं। परिन्दा, झील के जल को पार कर गया है। मुझे लगा वातावरण में कहीं और कुछ हिला है। क्या है मुड़कर देखता हूँ। उसके झुके हुए कन्धे धीरे–धीरे ऊपर–नीचे हो रहे हैं। वह बहुत देर से रो रही है। मैं काले अँधेरे, काले जल और अकेले परिन्दे में इतनी देर खोया रहा हूँ कि पता ही न चला। उसने सिर मेरे कन्धे पर रख दिया है। मैंने उसे सहलाया। लेकिन मुझे किसी तरह की सहानुभूति नहीं हो रही, दया

नहीं आ रही, दुःख नहीं हो रहा, आ रहा है तो बेतरह क्रोध। उस दिन इस गुस्से का कारण पता न चला, आज लग गया है। हम दोनों चुपचाप इस काले अँधेरे में डूबी काली झील के तट पर से उठ आये थे। होटल में वह ख़ूब हँसी। मैंने भी प्रसन्न दिखने का अभिनय किया लेकिन मुझे कुछ अच्छा न लगा।

मेरा गुस्सा ही तो हम दोनों को एक–दूसरे के समीप लाया था। सारी बातें धूप के छोटे–छोटे टुकड़ों की तरह बँटकर मन के आँगन में बिखरी जा रही हैं। उससे बहुत दिन मिलता रहा। वह काफ़ी बड़ी है लेकिन अब भी किसी स्कूल जाती छोटी लड़की–सी दिखायी देती है। मुझे हँसकर मिलती है, साहित्य के बारे में मेरी अजीब, नयी धारणाएँ जानकर हैरान–हैरान हो जाती है, लेकिन उसकी आँखों के लौह–कपाट कभी नहीं खुलते। किसी छोटी आयु की भिक्षुणी की आँखों–सा इनमें जो सूनापन व्याप्त है, वह कभी मिटता क्यों नहीं! क्या किसी अन्धे कुएँ के घातक अँधेरे तल को देखने की अदम्य इच्छा कभी पूरी न हो पायेगी। इस छोटी–सी दिखने वाली बड़ी लड़की और मेरे बीच का अपरिचय का पर्वत क्या कभी न हटेगा, न टूटेगा।

उसने धीमे–से मेरा नाम बोला है। नींद में है। मैं कम्बल खींचकर उसके कन्धों पर डालता हूँ। हवा तेज़ है, निर्दय है, खिड़की बन्द कर दूँ। नहीं, अभी शाम के पाँच बजने हैं, सूरज निकलना है और खिड़की के रास्ते उसे मेरे कमरे में पदार्पण करना है।

हम दोनों में बहुत ज़ोर का झगड़ा हुआ था और फिर अपरिचय का पर्वत, जो हमारे बीच जमा खड़ा था, परे खिसक गया। मेरा जन्मदिन था। उसने मेरे लिए बहुत–सी चीज़ें ख़रीदी थीं। आज तक वह मेरे कमरे में न आयी थी और मुझे विश्वास था, आज के दिन ज़रूर आयेगी। लेकिन नहीं, शाम को नौकर वे सारी चीज़ें दे गया था। वह रात बहुत लम्बी थी, बहुत भयानक थी जिसके बाद शायद बरसों तक सवेरा नहीं होता। मैं अपमान से इतना नहीं जल रहा था जितना अपनी मूर्खता पर ज़हर हो रहा था। ज़िन्दगी का पूरा एक साल व्यर्थ हो गया। जिस नियति से तुम जूझने चले थे, जिसके पास भविष्य गिरवी रखा था, उससे आज पराजित हो गये। और उस रात कमरे के सारे दरवाज़े–खिड़कियाँ खोलकर बैठा रहा। हवा तेज़ थी, सारा

शहर सूना था, सड़क पर गिरे पेड़ों के सूखे पत्ते बड़ी सर्पीली आवाज़ों से सरक रहे थे। गलियों के दरवाज़ों–खिड़कियों पर हवा दस्तकें दे रही थी और कोई घर इसे अन्दर नहीं आने दे रहा था। वह हवा जो इतनी तेज़ थी कि सारा शहर सूना कर गयी, मैं इस हवा के सामने सारी रात बैठा रहा।

सारे सम्बन्ध मत तोड़ना। पास बैठने का, मिलते रहने का सुख भी तो बहुत होता है, मन ने चोरी से संकेत किया। तुम युद्ध हारने के बाद भी विजय का मुखौटा लगाये रखना चाहते हो! सत्य को स्वीकार क्यों नहीं कर लेते! कारण ने समझाया।

उसका हाथ मेरी छाती पर आ गया है। मैं उस पर अपना हाथ रख देता हूँ। वह इसे कसकर पकड़ लेती है जैसे किसी छोटे बच्चे को मेले की भीड़ में खो जाने का, गुम हो जाने का डर हो। नीचे की दुकान पर बज रहे रेडियो पर कोई गाना आ रहा है। शब्द सुनायी नहीं दे रहे। सामने के मकान में अँगीठी जल गयी है, धुँआ सीधा ऊपर उठ रहा है और सड़क पर के नीम के पत्ते यह सब–कुछ चुपचाप स्थितप्रज्ञ बने देख रहे हैं।

हाँ, आधुनिक मैं भी हूँ। अविश्वास और अनास्था की बातें करना मुझे भी अच्छा लगता है। प्यार करना, हो जाने पर इसे स्वीकारना मुझे भी दकियानूसी बात लगती है। क्रूरता का लबादा मैंने भी अट्ठाईस वर्ष ओढ़े रखा और अपनी आधुनिकता को ऊँचे बाँस पर टाँगकर लोगों को दिखाता रहा, उनकी वाहवाही लूटता रहा। लेकिन उस दिन यह कवच बिंध गया, खण्ड–खण्ड हो गया। जो बनावटी था, ओढ़ा हुआ था, धरा का धरा रह गया। मृत्यु के साक्षात्कार के उस जागृत क्षण ने आत्मा पर पड़ी अँधेरे की काली चादर उठा दी थी। हाँ, किसी की शादी पर से अपने दोस्तों के साथ वापस आ रहा था। रास्ता पहाड़ी था और हमारी कार बहुत तेज़ गति से लौट रही थी। अचानक एक कच्चे रास्ते से सेना का भीमकाय शक्तिमान ट्रक सामने आ गया और उस क्षण–खण्ड में मृत्यु ने अपना ठण्डा पंजा मेरी आत्मा पर रख दिया, उससे साक्षात्कार हो गया। समय तब थम गया, शिथिल हो गया। और उस क्षण में माँ–बाप, सखा–सम्बन्धी, किसी का भी ध्यान नहीं आया। 'गालों में कत्थई गुलाब दबाये हुए' तुम्हारा चेहरा मेरे मस्तिष्क में खुद गया, मेरी आत्मा से उठा और हमारी कार और उस ट्रक के बीच जा खड़ा हुआ, स्थित हो गया। टक्कर लगी, बहुत ज़ोरों से

लगी, कार का अगला भाग चूर–चूर हो गया। ट्रक में बैठे सैनिकों ने कार के दरवाज़ों के काँच तोड़कर हमें बाहर निकाला। हम सब सही सलामत थे। खेतों में काम करते किसान वहाँ आ गये। कार की पिचकी हुई हालत देखकर, हम सबको ठीक–ठाक देखकर, वे धरती को छू रहे थे और फिर कानों को हाथ लगाकर प्रभु की माया का यश गा रहे थे। और 'गालों में कत्थई गुलाब दबाये हुए' तुम्हारा चेहरा फिर से मेरी आत्मा में लौट आया था जिसका कालापन अब कम हो गया था। उस समय ज्ञात हुआ कि साधारण व्यक्ति की तरह प्यार कर पाने की आदिम प्रवृत्ति मुझमें भी है। मुझमें असाधारण कहीं कुछ भी नहीं।

मैं शहर–शहर भटका क्योंकि अपने से डरता हूँ ना। पहले ही बहुत परेशानियाँ हैं, तुम्हारे प्यार के दुःख को क्यों? कर, किस प्रकार से सह पाऊँगा! गंगा के किनारे की भीड़ में, पत्तों की डोंगियों में तैरते आटे के दियों में, काली की रक्तस्नात, लपलपाती जीभ में कत्थई गुलाबों वाला चेहरा मेरा पीछा करता रहा और मैंने पराजय स्वीकार कर ली थी। इन सब शहरों के मकानों के दरवाज़े जब भी खुलते थे, तो वह रहस्य–भरी आँखें उनमें आकर खड़ी हो जाती थी, वह लौह–कपाटों से जड़ी बड़ी–बड़ी स्याह आँखें....और मैंने हथियार डाल दिये थे। वेग से धड़धड़ाता हुआ गंगा का पानी, पहाड़ों की विज़न और उदास सड़कें, भयभीत और गुम–सुम पेड़, इन सबने इस बार मेरी सहायता नहीं की, साथ नहीं दिया और मैं वापस लौट आया था।

मैंने लौटकर तुम्हारे सामने सब–कुछ स्वीकार कर लिया। और सब–कुछ सुनने के बाद तुमने मात्र यह पूछा था कि मैं चाय पियूँगा या कॉफ़ी! तुम्हारी आँखों के लौह–कपाट और ज़ोर से बन्द थे, कालापन और गहरा गया था और उस पर दूरियों की उदासी की एक और पर्त जम गयी थी। और उस दिन मुझे निश्चय हो गया कि इस सौ पौंड की स्कूल जाती दिखने वाली लड़की ने मुझे हरा दिया है। पहली बार ज्ञात हुआ कि मैं और तुम अकेले इस कमरे में नहीं बैठे। कोई अनुपस्थित भी वहाँ उपस्थित है और यह प्रेतछाया तीख़ा चमकदार भाला लिये तुम्हारी आँखों के द्वार पर, तुम्हारी आत्मा के द्वार पर पहरेदार बनी खड़ी है। बड़े अर्थहीन शब्दों में हम दोनों बातचीत जारी रखने की चेष्टा करते रहे और जाने कब चुपचाप खिड़कियों के काँच बींधकर अँधेरा अन्दर आ गया

था। मैं लौट आया, क्षत–विक्षत और लहू–लुहान। अब भी याद है। आते हुए रास्ते में एक रिक्शावाले को पीट दिया था। होटल में बैठकर बैरे को थोड़ी–सी देर करने पर पंजाबी में मोटी–मोटी गालियाँ दी थीं और नींद की चार गोलियाँ खाकर सो गया था, थका जो हुआ था।

खिड़की के बाहर निगाह पड़ती है। सामने वाली मुंडेर पर एक बिल्ली धीरे–धीरे चल रही है। थमकर उस मुंडेर और दूसरे मकान के भीतरी भाग को निगाह में तौलती है और फिर छोटी–सी छलाँग लगाकर आँखों से ओझल हो जाती है। सूरज बस अब निकला कि तब निकला।

और उस दिन तुमने सब–कुछ समाप्त कर दिया था, नौकर के हाथ मेरे जन्मदिन पर उपहार भेजकर। मैंने तुमसे सारे सम्बन्ध तोड़ने का निश्चय कर लिया। सारी रात डरावने सपने देखता रहा। बहुत बड़ा पुराना क़िला है। ऊँची–ऊँची प्राचीरें और आसपास काले जल की गहरी खाई। रात आधी हो चुकी है। क़िले का काला दरवाज़ा किसी दानव–मुख की तरह खुलता है और हज़ारों अश्वारोही जलती मशालें लिये धड़धड़ाते हुए बाहर निकलते हैं। बाहर आते ही सबके हाथों की मशालें बुझ जाती हैं। बड़े धीमे कदमों से अश्व क़िले में वापस लौट आते हैं। सारे घुड़सवार मशालें जलाकर फिर अन्धड़ गति से वापस आये। वे रात्रि–आक्रमण के लिए जा रहे हैं और फिर सारी की सारी मशालें बुझ गयीं। वे सारी रात बाहर आते रहे और सारी रात उनके हाथों की मशालें बुझती रहीं। तब खाई के काले जल में एक काली नाव प्रकट हुई। उसमें ठहरी एक काली आत्मा हाथ फैला–फैलाकर उन अश्वारोहियों को पुकारती रही और बुझी हुई मशालों के अन्धे प्रकाश में कोई भी उस काली आत्मा को देख न पाया। फिर क़िले का दानव–मुख दरवाज़ा बन्द हो गया। सारे के सारे घुड़सवार अन्दर लौट गये। और उस काले जल में काली नाव में बैठी काली आत्मा, काले अँधेरे में डूब गयी। उस डूब रही आत्मा के चेहरे से सारे घुड़सवार, सारी मशालें, एकाकार हो गयीं। डूबने से क्षण–मात्र पूर्व उस काली आत्मा का सिर कट गया और उसके स्थान पर उड़कर मेरा सिर, मेरा चेहरा जा लगा और उसे उस अन्धेरे ने खा डाला, निगल लिया।

दूसरी शाम हम आमने–सामने बैठे थे। तुम डर गयी हो। गुस्से में मुझे पहली बार देखा है। दोस्तों का कहना है कि सारा का सारा क्रोध मेरी

आँखों में आकर केन्द्रित हो जाया करता है। दूसरे को यही महसूस होता है कि मैं अभी–अभी उसकी हत्या कर दूँगा। मैंने जन्मदिन पर इतनी सारी चीज़ें भेजने का तुम्हारा एहसान माना। तुम चुप थीं। मैंने बताया कि मेरी माँ भी दशहरे–दिवाली पर नौकर, बर्तन साफ़ करने वाली और दूसरे लोगों के पास इसी तरह सामान भेजा करती है। तुम चुप थीं। मेरा क्रोध बढ़ रहा था। तुम्हारे कन्धे कुछ और झुक गये हैं। कमरे में एक तनाव फैलता जा रहा है। इतना अधिक जैसे खिड़की के काँच अभी–अभी चटककर टूट जायेंगे। दिल चाहा, तुम्हें पीट दूँ। यह मेरे लिए कोई नयी या बड़ी बात न होती। जाने ऐसा क्यों नहीं किया! चाय का प्याला मेज़ पर रखा–रखा ठण्डा हो गया है। तुमने हाथ से इसे मेरी ओर किया। मैंने और पीछे सरका दिया। तुम कुछ बोलती क्यों नहीं, जवाब क्यों नहीं देती! कमरे में ट्यूब जल रही है, बल्ब जल रहा है फिर भी अँधेरा है कि गहराता ही जा रहा है। तुम्हें देखता हूँ। सिर झुकाए बैठी हो। तुम्हारे कानों में पड़े बड़े–बड़े जिप्सी–रिंग थोड़ा–भर भी हिल नहीं रहे हैं। फिर तुम्हारे हाथ की बनी उस सन्थाल औरत की पेंटिंग में से वह काली औरत फ्रेम तोड़कर बाहर आ गयी और मेरे पास सोफ़े पर बैठ गयी। उसने मेरा हाथ छूकर चुप हो जाने को कहा। उसकी बड़ी–बड़ी जंगली आँखों ने कुछ न कहने को बरजा और मैं मान गया। यह संथाल औरत मेरे पास से उठ गयी और फिर से अपने स्थान में फ्रेम में जड़ गयी। मैं उठ खड़ा हुआ। तुमने पूछा, फिर कब आऊँगा। मैंने बड़ी स्थिर और आवेशहीन आवाज़ में बताया कि अब जब तुम्हारी शादी होगी तो एक ही बार विदा करने आऊँगा।

बाहर सड़क पर हवा मेरा रास्ता रोककर खड़ी हो गयी। उसने पूछा, क्या हुआ? मैंने बताया, कुछ नहीं। घर आकर चारपाई पर लेट गया। मेरी पालतू बिल्ली उछलकर ऊपर आ गयी। मेरी छाती पर बैठी नाक से नाक रगड़ रही है। उसने पूछा क्या हुआ? मैंने बताया कुछ नहीं। इस समय मैं सदा उसके लिए मांस लाया करता हूँ। प्रतिदिन मेरे चारों ओर उछलती है, घेरा डाल लेती है और मांस देने की प्रार्थना करती है। आज उसने कुछ नहीं माँगा। बड़ी–बड़ी गोल आँखों को मेरी आँखों में डाला और सब–कुछ समझ गयी। मेरी छाती पर से उतर गयी। पाँव के पास चक्कर काटा और छलाँग लगाकर टोकरी के आकार की लाल कुर्सी में बैठ गयी। उसने आँखें बन्द कर लीं। सोचा, उठकर सहला दूँ। फिर उस

पर गर्म चादर डाल दी। उस रात हम दोनों भूखे सोये। चाँद रात को नीचे मेरी खिड़की पर बैठा रहा और मुझे दिलासा देता रहा।

विकट दुःख शायद निर्णय करने के पहले ही होता है। उसके बाद तो यह द्रव हो जाता है, पिघल जाता है और आसपास सब ओर व्याप्त हो जाता है, बह जाता है। मैं शान्त था। फिर आठ दिन के बाद तुम पहली बार मेरे कमरे में मुझे मनाने आयी हो। पहले से दुबली लग रही हो। फिर मैंने देखा, आँखों के लौह–कपाट वहीं–के–वहीं स्थित हैं। हाथ में तेज़ धारदार भाला लिये पहरेदार अब भी उनके द्वार पर खड़ा है। मैंने उठकर तुम्हारा स्वागत भी नहीं किया। तुम थोड़ी देर कुर्सी पर बैठी रहीं फिर उठकर चारपाई पर आ गयीं। तुमने अपना हाथ मेरे माथे पर रख दिया और गुस्से का, अलगाव का सारा भाव मुझमें से उड़ गया। और अगले ही क्षण हम चारपाई में आलिंगित थे, प्रतिचुम्बित थे। अपरिचय का हिमालय अन्तर्ध्यान हो गया था। लेकिन मैं अब भी आशंकित और आतंकित होकर उस पहरेदार की ओर देखता रहा, किसी भी क्षण तेज़ भाला कहीं मेरी पीठ में घोंप न दें!

बाद के दिन कैसे थे! बहुत दिनों के बँधे जल ने वेगवान प्रवाह के साथ सारे बन्धन तोड़ डाले हैं। व्यर्थ–सी लगने वाली छोटी–छोटी बातें तुमने बतायीं जो अच्छी लगीं। तुम लड़कों की तरह मुँह में उँगली डालकर सीटी बजा लेती हो। स्कूल में सारे–के–सारे लड़कों वाले खेल यथा हॉकी और क्रिकेट वग़ैरह खेलती थी। पतंग उड़ाना तुम्हें बहुत अच्छा लगता था और इसके लिए अक्सर माँ से डाँट खाया करती थी। तुमने बताया कि मैं तुम्हें इसीलिए अच्छा लगा कि उल्टे–सीधे कपड़े पहनता हूँ। हर समय बाबुओं की तरह चुस्त–दुरुस्त लिबास में नहीं रहता। मैं ये बातें सुनता रहा, मुस्कराता रहा। मकान की छत पर व्यतीत की हल्की सर्दी की वे शामें कितनी सुखद थीं। आसपास की छतों पर बरसात में खिले फूलों की तरह चटकते रंगों के फ़्रॉक पहनकर बच्चे और लड़कियाँ महकते रहते थे। घर के सब लोगों की उपस्थिति में रहस्यपूर्ण ढंग से इशारों में बातें करना, सबको चकित करके ज़ोर से हँसना कितना अच्छा लगता था। मुझे फिर भी लगा कि एक और काया, जब मैं और तुम अकेले होते हैं, हमारे पास आकर बैठ जाती है। बीच में लेट जाती है और मुझे रोकती है। किसी की

उपस्थिति में तुम्हारे बालों को सहलाना, बातें करना, प्यार करना, तुम्हारी टेढ़ी नाक को खींचकर सीधा करना मुझे कभी अच्छा नहीं लगा। तब मन को आश्वासन देता था, कहीं कोई नहीं है मेरे मन की शंकाएँ ही ये अजीब–अजीब आकृतियाँ धारण कर लेती हैं, मुझे धमकाती हैं, डराती हैं।

कई बार अपने आसपास के वातावरण से कटकर अजनबी शहरों, नये लोगों और अजनबी स्थानों के मध्य जाकर हम अपने को मुक्त महसूस करते हैं। इसीलिए मैं तुम्हें उस सर्द पत्थरों वाले शहर में ले गया था। सारे दिन हम बहुत ख़ुश थे। और उस रात झील के किनारे बैठी हुई तुम रो पड़ी थीं और मुझे दूसरी बार तुम पर गुस्सा आया था।

दूसरे दिन लौटने से पहले उस होटल में हम चार घण्टे बैठे रहे। शब्दविहीन और एक–दूसरे से कटे और पराये। मैं पीली कमीज़ में अवश्य उदास लग रहा हूँगा। लोग आते थे, हमारी ओर देखते थे, थोड़ी देर के लिए बोलना बन्द कर देते थे और फिर कुर्सियों पर चुपचाप बैठ जाते थे। हमारे चेहरों और स्थिर मुद्राओं से वे शायद हमारे दुःख का अन्दाज़ा लगाने की कोशिश करते थे। और उस दिन दूसरी बार तुम्हें विदा करने का मैंने निर्णय कर लिया था। यह लड़की अब भी अजनबी है, इसकी आँखों की मिस्ट्री अब भी उतनी गहरी, अभेद्य है। गालों के गुलाब मेरे लिए नहीं हैं। और एक अजनबी से कोई क्योंकर प्यार कर सकता है, उसे कैसे जीवनसाथी बना सकता है! हम वापस आये थे, अपने–अपने दुःखों में बद्ध।

आज फिर तुम मेरे कमरे में आयी हो। पहली बार वाला दृश्य दोहराया गया। तुम पहले कुर्सी पर बैठीं, फिर चारपाई पर आ गयीं। मैंने तकिया तुम्हारी ओर सरका दिया। तुम आराम से लेट गयीं। तुमने अपना छोटा–सा हाथ मेरी छाती पर रख दिया। कमरे में दोपहर के समय भी बिल्कुल अँधेरा है, क्योंकि इसके दरवाज़े और खिड़की पश्चिम की ओर खुलते हैं और सूरज यहाँ शाम को पाँच बजे निकलता है।

तुम कुछ उत्तेजित हो, कहने न कहने के द्वन्द्व में ग्रस्त जागते हुए भी सोयी रहतीं, नींद में भरी–भरी आँखें दुविधाग्रस्त हैं। बहुत देर तुम दोनों ऐसे ही चुपचाप लेटे रहे। मैं प्रतीक्षा कर रहा हूँ। और तब तुमने पहली बार मेरा नाम लेकर बताया कि तुम्हें डर लगता है। मैंने जवाब नहीं दिया, केवल हाथ दबाकर आश्वस्त किया कि डरने की क्या बात है! तुम्हारी आँखों के प्रवेश–द्वार पर भालाधारी पहरेदार थोड़ा विचलित दिखायी दिया।

खिड़की के बाहर का आकाश बिल्कुल साफ़ था। इस शान्त वातावरण को आवाज़ों का समूह बड़ी धीमी गति से हिला रहा है, काट रहा है। आवाज़ें धीरे–धीरे बढ़ रही हैं और अचानक पहचान गया कि ये ध्वनियाँ विमानों के शक्तिशाली इंजन उत्पन्न कर रहे हैं। वायु–सेना का अड्डा शहर के अन्दर ही है। सर्दियों में दोपहर को जब धुन्ध और कुहरा छँट जाता है तो ये बमवर्षक और लड़ाकू विमान उड़ानें भरते हैं। आकाश में नकली युद्ध–अभ्यास करते हैं। आवाज़ें तेज़ से तेज़तर होता जा रही हैं। पेड़ों पर बैठे हुए पक्षी हताश होकर इधर–उधर उड़ रहे हैं। कोलाहल कर रहे हैं और तब तुमने मेरी ओर देखा। फिर मेरे कन्धे से सिर सटाया और कहा कि पहले तुम्हारे जीवन में कोई और व्यक्ति आ चुका है।

मैं बिल्कुल शान्त हूँ। लेकिन आकाश का सीना चीरकर चार मिस्टियर्स विमान छत के बिल्कुल ऊपर से गुज़र गये। दीवारें हिल गयीं। छत पर से थोड़ी–सी मिट्टी कमरे में गिरी। तुम बोलती जा रही हो, अपनी व्यथा–कथा सुनाये जा रही हो और उड़ते विमानों के इस शोर, हाहाकार में मुझे कुछ सुनायी नहीं दे रहा। मैंने मात्र पहला वाक्य सुना है कि तुम्हारे जीवन में पहले कोई और था। तुम्हारे हिलते होंठों से अन्दाज़ा लगाता हूँ कि तुम सारी बात कहे जा रही हो, वैसे मुझे कुछ सुनायी नहीं दे रहा।

क्षणांश के पश्चात दो हंटर विमान छत पर से गुज़रते हैं और उनके इंजनों की चीख़ की आवाज़ आकाश को भेद जाती हैं। आकाश से धरती पर आक्रमण कर रहे उन मिस्टियर्स विमानों के रक्षक ये दो हंटर हैं। और तभी आकाश में बड़े ज़ोर का धमाका होता है। नब्बे के कोण पर दो मिग विमान नीचे झपट रहे हैं, ध्वनि गति से तीव्र। उन्होंने आकाश में ध्वनि–बन्ध तोड़ा है। इसीलिए यह धमाका हुआ। जब तक मिस्टियर्स विमान दूसरा चक्कर पूरा करना शुरू कर देते हैं, बिल्कुल इनके ऊपर आकर मिग विमान सीधे हो जाते हैं और उनके पीछे लग जाते हैं। आकाश का वक्ष क्षत–विक्षत हो गया है। एक बार तो मिग विमान इतना नीचे उड़ा कि विमान–चालक का लोहे का टोप पहना हुआ सिर भी मुझे दिखायी दे गया। दस मिनट के पश्चात आकाश–युद्ध समाप्त हो गया। आवाज़ें कम होती जा रही हैं। विमान नीचे उतरने के लिए अड्डे की ओर लौट गये हैं। तुम चुप हो गयी हो। सारी बात कह चुकी हो और विमानों के इस शोर में मैंने कुछ नहीं सुना।

मैं सिर मोड़कर तुम्हारी ओर देखता हूँ। स्तम्भित रह जाता हूँ, सिर से पाँव तक काँप जाता हूँ। तुम्हारी आँखों के लौह–कपाट खुल गये हैं। भालाधारी प्रेत–पहरेदार अन्तर्ध्यान हो गया है। आँखों की खिड़कियों से तुम्हारे मन में, तुम्हारी आत्मा में देखता हूँ, बिल्कुल निर्मल है। वहाँ कोई नहीं, सिवाय मेरे प्रतिबिम्ब के। तुम शापमुक्त हो गयी हो। बात कहने से, करने से अभिप्राय जल गया है, समाप्त हो गया है। पहले तुम्हारी दोनों आँखें चूम लेता हूँ। मुस्कान पहली बार तुम्हारी आँखों में आयी है, फिर यह नाक तक पहुँची है, छोटी–सी टेढ़ी–सी नाक थोड़ी हिली है और टेढ़े दाँतों पर इस मुस्कान ने अधिकार जमा लिया है और बस फैलती ही जा रही है। मुस्कान की गर्मी से गालों के कत्थई गुलाब दहक गये हैं, लहक रहे हैं। मैं तुम्हारे माथे की बिन्दिया को होंठों से छू लेता हूँ। कमरे में नज़र दौड़ाकर देखता हूँ, वह अब उपस्थित नहीं है। किसी कुर्सी पर बैठा जासूसों की तरह हमें देख नहीं रहा है। हमारे बीच भी नहीं लेटा है। अब हम दोनों मुक्त हैं, स्वच्छन्द हैं, स्वतन्त्र हैं। तुम्हारे अतीत की किसी काली छाया से घिरे हुए नहीं हैं।

मैंने शायद तुम्हें कभी यह नहीं बताया था कि जब तुम्हें बिल्कुल अपना समझूँगा तो तुम्हारे ऊपर वाले होंठ पर उगे हुए काले तिल को चूम लूँगा। और आज पहली बार मैंने उस तिल पर अपने होंठ रख दिये। शायद बिना मेरे बताये तुम्हें मेरे मन की इस बात का पता था। आज फिर तुम्हारी आँखों की खिड़कियाँ नम हो गयीं, उनमें से आँसू टपक रहे हैं। तुम्हारे बालों में लगी हेयर–पिन मेरे कन्धे में घाव किये जा रही है लेकिन मैं तुम्हारा सिर पीछे नहीं करता। आज तुम्हारा रोना मुझे अच्छा लग रहा है। तुम और मैं जानते हैं कि हमारे अपने दुःखों का, परेशानियों का आरम्भ आज, इसी क्षण से हो गया है और तुम मेरे और अपने प्यार के दुःख में रो रही हो।

उस दिन झील के किनारे तुम रोयी थीं, तो मुझे क्रोध आ गया था। तब कारण पता नहीं चला था, अब पता लग गया है। उस रात तुम किसी और के दुःख में मेरे कन्धे पर सिर रखकर फूट–फूटकर रोयी थीं और आज यह मेरे लिए है। और फिर मैं तुम्हारी आँखों की खिड़कियों से तुम्हारें होंठों के द्वार से तुम में प्रवेश कर जाता हूँ और तुम वैसे ही रोते–रोते मेरे कन्धे पर सिर रखकर सो गयी हो।

एक–एक करके तुम्हारी बहुत–सी भयभीत मुद्रायें, अचानक चौंककर इधर–उधर देखने के दृश्य याद आते हैं। तुम सदा डरती रहीं, अपने मन की बात न बतायी। कहीं मैं बुरा न मान जाऊँ! ऐसा कुछ नहीं है। प्रत्येक का अतीत तो अपना–अपना होता है, उससे किसी को क्या लेना! और फिर वे सारे–के–सारे भयभीत दृश्य और आतंकित मुद्राएँ तुम्हारे चेहरे पर से उड़ जाती हैं। खिड़की के रास्ते बाहर निकलकर हवा में विलीन हो जाती हैं।

कमरे की खिड़की लाल रोशनी में नहा गयी है। सूर्योदय हो गया है। प्रकाश तुम्हारे चेहरे पर पड़ता है, तुम्हारी आँखों के रेशमी पर्दे थोड़ा–सा हिल जाते हैं और फिर खुल जाते हैं। धूप में सोयी बिल्ली की तरह तुम्हारा शरीर थोड़ा–सा सिकुड़ता है, तुम आँखें खोलकर मेरी ओर देखती हो और मैं तुम्हारे कान के किनारे को दाँतों से थोड़ा–सा काट लेता हूँ। दरवाज़े पर पड़े हुए लाल–नीले पर्दे धीरे–धीरे हिल रहे हैं और तुम मेरे बालों को उँगलियों से सहला रही हो।

मेरे कमरे के दरवाज़े और खिड़की पश्चिम की ओर खुलती हैं और इसमें सूरज शाम को पाँच बजे निकलता है। सूर्योदय हो गया है।

उसके दाँत थोड़े–से टेढ़े हैं, उसकी नाक थोड़ी–सी टेढ़ी है और वह मुझे अच्छी लगती थी।

उसके दाँत थोड़े–से टेढ़े हैं, उसकी नाक थोड़ी–सी टेढ़ी है और अब मैं उसे प्यार करता हूँ।

एक जैसे चेहरे

गर्मी उबलते पानी की तरह सड़कों पर बह गयी है, बिछ गयी है। हवा भी गर्मी से डरकर दुबककर बैठ गयी है, कहीं नामोनिशान दिखायी नहीं देता। दोनों सड़क के बीचों–बीच नपे–तुले क़दमों से आगे बढ़ रहे हैं, धूप से बेपरवाह, गर्मी से बेख़बर। इस मृत माहौल में उनके क़दमों की आहट सुनायी देती है, छोटे–से दायरे में घूमती है और फिर मर जाती है। यह सड़क शहर के ग़रीब इलाकों के बीच से गुज़रती है। इसलिए इस पर रिक्शा और साइकिल ही आमतौर पर दिखायी देती हैं। कार अथवा मोटर कभी–कभार ही दिखती हैं। रिक्शा अथवा साइकिल की घण्टी सुनायी देती है, दोनों तब भी बीच सड़क में ही चलते रहते हैं। लोग इनको घूरते हुए पास से निकल जाते हैं। अब पीछे से हार्न की आवाज़ सुनायी दे रही है, ज़रूर कोई कार इस इलाक़े में आज आ गयी है। हार्न फिर बजता है। दोनों फिर भी वैसे ही चले जा रहे हैं। कार पास आकर थम जाती है। कार के दो पहिये सड़क के नीचे हैं। सारे कार वाले सड़क के नीचे गाड़ी उतारना हतक समझते हैं, वैसे ही यह कारवाला भी महसूस कर रहा है, ''सड़क तुम लोगों ने ख़रीद रखी है क्या?''

दोनों उसकी ओर देखते हैं। कारवाला अपनी फूली हुई गालों पर से कुहनी से पसीना पोंछ रहा है, चार आँखें उसके चेहरे पर ख़ुद गयी हैं, सुराख़ किये जा रही हैं। लम्बा धीमी लेकिन कटु आवाज़ में कहता है, ''चल आगे। सड़क तेरे बाप ने ख़रीद रखी है क्या?''

कारवाला जवाब देने के लिए मुँह खोलता है, उनको देखता है, फिर बिना कोई शब्द निकाले मुँह बन्द कर लेता है। गाड़ी आगे सरक जाती है। छोटा बालों पर हाथ फेरता है, फिर ऊँची आवाज़ में कहता है, ''माँ दा यार! सब घोड़े पर सवार हैं। पैदल तो इस कन्ट्री में कोई है ही नहीं।''

दोनों सड़क के बीचो बीच नपे–तुले क़दमों से आगे बढ़े जा रहे हैं। क़दमों की आहट उभरती है, गर्मी से पिघलकर बह जाती है।

सामने लकड़ी का एक खोखा है। नीम का बड़ा–सा गंजा पेड़ बिना हिले–डुले पहरेदार–सा बाहर खड़ा है।

''चाय हो जाये'', लम्बा।

''हाँ। पैसे हैं तेरे पास?'' छोटा।

लम्बा 'हाँ' में सिर हिलाता है। दोनों खोखे के आगे पहुँच जाते हैं। चाय वाला गरम–गरम मुस्कराहट से दोनों का स्वागत करता है। ये अन्दर पहुँच जाते हैं। कमीज़ों के बटन खोल देते हैं। चायवाला सिर पर खड़ा है।

''चाय ला। दो कप'', छोटा।

''कोका कोला खोलूँ, बड़ी गर्मी है।''

''चाय ला। गर्मी है तो कोका कोला तू पीले।''

लम्बा बालों में उँगलियाँ फेरकर पसीना सुखा रहा है। गीली उँगलियों को पैंट के साथ पोंछता है, फिर से बालों में डाल देता है और छोटा जानता है यह क्रम काफ़ी देर चलेगा। लम्बे के बाल कभी भूरे रहे होंगे अब रेतीले हो गये हैं। उसके चेहरे का रंग भी रेत जैसा है और आँखें भी रेत के रंग की हैं। रेगिस्तान से रेत का एक टुकड़ा उठकर यहाँ आ गया है। आधी बाँहों की कमीज़ में नंगी, रेतीले बालों से भरी हुई बाहें किसी रेतीले गोरिल्ला–सी दिखती हैं। वह अपने जूते खोलता है, जुराबें उतार देता है, मेज़ पर दोनों पाँव रखता है और आगे झुककर उँगलियों पर लगातार खारिश किये जा रहा है। सड़ांध उसके गन्दे पैरों से सरसराती हुई बाहर निकलती है, खोखे में फैल जाती है, छोटे के नाक में घुस जाती है।

''खरावड़े नीचे रख। आगे कग गर्मी है। पाँत बू मार रहे हैं।''

''तेरे पैरों से इतर की ख़ुशबू आती होगी।''

पर उसने पैर मेज़ पर से उठाकर नीचे रख लिए थे।

छोटा लगातार दायें–बायें अपना सिर हिलाये जा रहा है। उसका शरीर कमज़ोर है, कद पाँच फुट तीन इंच है और इसके अनुपात में सिर बहुत बड़ा है। लगता है कि किसी पहलवान का गोल मटोल भारी–सा सिर काटकर उसके शरीर पर चिपका दिया गया है। शरीर पर सिर का बोझ टिकता नहीं इसलिए वह लगातार हिलता रहता है। उसकी आँखें बिल्कुल मृत हैं, किसी मुर्दा शरीर से निकालकर उसके मुँह पर चिपका

दी गयी हैं। उसके क़रीब होने पर चलती फिरती मृत्यु का आभास होता है। उसके शरीर से ख़तरे की बू उठती है। सब ओर दहशत फैलाती हुई उसकी कमीज़ के चारखाने घिस गये हैं और कॉलरों के पास का कपड़ा फट गया है। छोटे शरीर की तुलना में बोलता वह इतना ऊँचा है, जैसे उसके गले के अन्दर लाउडस्पीकर फिट है।

चायवाला अन्दर आकर गीले कपड़े से मेज़ पोंछता है। मक्खियों ने एक छोटे–से दायरे में उठान की, फिर किसी नीचे उतरते हुए विमान की तरह लम्बाई में तैरती हुई मेज़ पर बैठ गयी। वे धीरे–धीरे प्यालों के पास सरक आयी हैं, चाय की कोई बूँद मेज़ पर गिरने की प्रतीक्षा में ध्यानमग्न। दोनों ने इन्हें उड़ाने की कोई कोशिश नहीं की। फिर से आकर जो बैठ जायेंगी।

छोटा अपने हाथों की उँगलियों को देखे जा रहा है। लम्बी हैं, कभी इन पर मांस चढ़ा हुआ था, ख़ूबसूरत थीं। अब सूखी तोरई की तरह हैं, बदसूरत हैं। वह एक हाथ के नाख़ूनों से दूसरे हाथ के नाख़ूनों की मैल निकाल रहा है। उसके लम्बूतरे चेहरे की हड्डियाँ जैसे चेहरे के मांस की सीमा को तोड़कर बाहर निकल आयी हैं। वह बहुत कमज़ोर है लेकिन लम्बा उसे कई सालों से जानता है, उसके चुपचाप गुस्से से परिचित है जो लावे की तरह बिना किसी पूर्व सूचना के फट पड़ता है। आज छोटा क्लर्क की नौकरी के लिए इंटरव्यू देने गया था। लम्बा उसका साथ देने के लिए घर से आया था। वह भी जब कहीं, कभी नौकरी के लिए परीक्षा देने जाता है तो छोटा उसके साथ जाया करता है।

''कोई होप है क्या?''

''होप? तुम्हारा दिमाग ख़राब है। जब तक होप का चक्कर रहेगा कुछ नहीं बन सकता'', छोटा छाती पर फूँकें मारकर पसीना सुखाते हुए कहता है।

''क्या पूछा?''

''पूछना क्या था? माँ का सिर। 'दो साल बी.ए. किये हो गये, अभी तक नौकरी क्यों नहीं की?' मैंने कहा मिली नहीं। 'क्यों नहीं मिली? तुम लोग कोशिश ही नहीं करते।' फिर टोपीवाले ने देश की प्रोग्रेस पर छोटा–सा लेक्चर दिया। 'नौकरी नहीं मिली तो कोई हाथ का काम करते।' मैंने बताया कॉलेज में हाथ का काम सिखाया नहीं। टोपी वाले ने आधुनिक शिक्षा की

कमियों पर एक और भाषण दिया। दूसरे मेम्बर ने सलाह दी, 'कॉलेज के पढ़े लड़के पूरी मेहनत नहीं करते, नुक्स निकालने पर लगे रहते हैं। हमें तो मैट्रिक–पास ठीक रहेगा।' मैं बाहर आ गया। मेरे पास ग्रॅनेड होता तो धम से फेंक देता," छोटे ने पतली बाँह अर्धगोलाकार घुमाकर ग्रॅनेड फेंकने की मुद्रा बनायी। ग्रॅनेड उसकी कल्पना में फटा। खोखे की धज्जियाँ उड़ गयीं। उसका हाथ हिलने से प्याले में से छलककर कुछ चाय मेज़ पर गिर गयी। सारी मक्खियाँ छोटी–छोटी उड़ानें भरकर उस बूँद के पास सरक आयी हैं। काली–काली, धागे–जैसी टाँगें और चाय में भीग रहे पंखों के किनारे। छोटा धीरे से प्याले के नीचे से प्लेट निकालता है और झटके के साथ प्लेट उल्टी करके मक्खियों पर रख देता है। उसके होंठों पर मुस्कान आती है लेकिन मुर्दा आँखों में उसका कोई आभास दिखायी नहीं देता। वह लम्बे की ओर देखकर कहता है, "प्लेट में कैद मक्खियाँ।"

"लगता है कामू की किसी कहानी का नाम है।"

"मार गोली कामू को। तूने हिन्दी की एम.ए. क्यों की, अंग्रेज़ी की करता। तीन साल तक धक्के न खाता।"

"दिमाग़ ख़राब था। तब देश भक्ति और राष्ट्रभाषा के प्रेम का भूत सवार था।"

"देशभक्ति", छोटे ने इस तरह से मुँह बनाया जैसे कोई कीड़ा निगल गया हो, "यह सब बातें उन लोगों की हॉबी हैं जिनका पेट भरा हो। पेट न पड़ी रोटी और सारी बातें खोटी। हाँ, तेरे बाऊजी तो रिटायर हो गये हैं ना।'

"हाँ, यही तो रोना है। चार सौ रुपये महीना आते थे। अब बन्द। आजकल मुझे देखते हैं तो उनकी आँखें मुझ पर सारा समय इल्ज़ाम लगाती हैं जैसे मैं क्रिमिनल हूँ। नौकरी जान–बूझकर नहीं करता। इससे तो अच्छा था दसवीं के बाद अपने दफ़्तर में रखवा देते। बड़ा साहब उनको बहुत मानता था। सारी उमर उनके घर के लिए सब्जियाँ और राशन–पानी ख़रीदने में गुज़ार दी। उन्हें कौन समझाये कि आजकल न छोटी नौकरी मिलती है न मोटी।"

छोटे ने कमीज़ के अन्दर हाथ डालकर बगल के बालों में खारिश की और तनी आवाज़ में बोला, "यह सब बाप बेवकूफ़ होते हैं। लड़कों से खार खाते हैं।"

लम्बा एकदम चुप हो गया है। उसका स्वस्थ शरीर किसी बहुत दिनों के भूखे जानवर की तरह ढीला पड़ गया है। वह मुट्ठी बन्द करके सिगरेट के लम्बे–लम्बे कश खींच रहा है। छोटा जानता है वह इस समय अपनी छोटी–सी सायेदार दुनिया में वापस लौट गया है। इस इतने बड़े मरुस्थल में एक ही तो पेड़ है जिसकी छाया तले वह दम ले लेता है। छोटा उसी पेड़ की बात पूछता है, "वह मिली।"

"मार गोली। फ़ैज़ ने क्या ठीक कहा है...दुनिया ने तेरी याद से बेगाना कर दिया। तुझसे भी दिलफ़रेब हैं ग़म रोज़गार के।"

छोटा समझ जाता है अब इस विषय पर भी बात करके समय नहीं काटा जा सकता। वह फिर हाथ ऊपर उठाकर ग्रॅनेड फेंकता है, कल्पना में चिनगारियाँ छिटकती हैं। वह धमाका सुनने की प्रतीक्षा में स्थिर हो गया है।

"इन अमीर लोगों को बम से उड़ा देना चाहिए। हर जगह साँप की तरह कुण्डली मारकर बैठे हैं," लम्बा कहता है।

"की न घटिया लेखकों वाली बात। अमीरों ने बहुत सारे ग़रीबों को नौकरियाँ दी हुई हैं, उनका पेट भरते हैं। गोली तो ग़रीब लोगों को पकड़–पकड़कर मार देनी चाहिए। प्रॉब्लम का जड़ से नाश।" इतनी बात छोटे ने मज़ाक की मुद्रा में की है। अचानक लावे का फव्वारा फट पड़ता है। "इससे अच्छा था कहीं कलकत्ता में पैदा होते। तो चार जगह आग लगाते, ख़ून करते, मर जाते, दिल में कोई अरमान तो न रहता। यह नामर्दों की तरह रीं–रीं करके तो न जीते।"

"आग लगाने से पेट नहीं भरता, नौकरी नहीं मिलती।"

"यह औरतों की तरह बहस मेरे साथ मत कर। देखता नहीं, बंगलादेश में क्या हुआ। लड़कों ने वहाँ का नक्शा बदल दिया। यहाँ भी यही सब–कुछ होगा। आज नहीं तो कल। लोगों को अक्ल आने की देर है कि 'ग़रीबी हटाओ' के नारों से पेट नहीं भरता।"

"वहाँ की बात और है। उसके सामने कोई काज था। कारण था। हम क्या करें। किससे लड़ें।"

"किसी से भी लड़ो। लड़ाई ज़रूरी है। तुम जैसे लिट्रेरी आदमी हर बात को दलीलों के चक्कर में टाल जाते हैं। मेरे पास मशीनगन हो तो सरे–बाज़ार खड़ा होकर लोगों को भूनकर रख दूँ।"

चायवाला ऊँची आवाज़ें सुनकर, बम और मशीनगन के नाम सुनकर अन्दर आ गया है। वह हिन्दी के अख़बारों में ऐसी ख़बरें पढ़ता रहता है कि आजकल के कुछ नौजवान लड़के ख़ून–ख़राबा और हत्याएँ कर रहे हैं। इन लोगों पर चीन का असर हो गया है। कहीं यह दोनों भी उसी पार्टी के न हों? पुलिस यहाँ आ गयी तो? वह उनके सिर पर खड़ा है। दोनों समझ रहे हैं, उनके उठ जाने के लिए संकेत कर रहा है।

''अभी उठ जायेंगे लाले। तेरी कौन–सी साले ग्राहकों की लाइन बाहर खड़ी है। खोखा न हुआ अशोका होटल हो गया'', छोटा बोला।

दुकानदार बाहर जाकर फिर से अँगीठी के पास जा बैठा है। लम्बा थोड़ा रहम खा जाता है, ''उस पर क्यों फटते हो। घी का गुस्सा दाल पर उतारने से क्या फ़ायदा।''

''यह मेरा मामा लगता है क्या।''

लम्बा चुप हो जाता है। छोटा आज किसी न किसी से ज़रूर लड़ाई करेगा। उसके कान लाल हो रहे हैं, एक हाथ को दूसरे से दबा रहा है। सारी निशानियाँ ग्रॅनेड फटने की हैं। छोटा उससे सिगरेट माँगता है। लम्बा जेब से डबिया निकालता है। 'खट' की आवाज़ के साथ एक चाकू उसकी जेब से नीचे फ़र्श पर गिरता है। छोटा उसे गहरी आँखों से देखे जा रहा है, यह लम्बे को क्या हो गया है? चाकू और इसकी जेब में? वह हाथ बढ़ाकर चाकू ज़मीन से उठा लेता है। इसे खोलकर मेज़ पर रख देता है। अब वह लम्बे की ओर प्रतीक्षारत आँखों से देख रहा है।

''आजकल उसके चारों भाई मुझे मारने के चक्कर में हैं। पिछले इतवार को एक ने हमें पिक्चर से साथ–साथ बाहर निकलते देख लिया था।''

"तूने मुझे पहले क्यों नहीं बताया! जितना लम्बा है उतना ही बेवकूफ़। ले। आज शाम को ही उन चारों का पेट न फाड़कर रख दिया तो नाम बदल देना। वो माँ के यार अपने को रुस्तम कब से समझने लगे।"

लम्बा अब डर गया है। वह जानता है छोटा आज लड़ाई मोल लेने के चक्कर में है। तभी तो उसके भाइयों की बात इसे बतायी न थी। इस साले चाकू को भी आज ही जेब से बाहर गिरना था। लाले ने मेज़ पर खुला रखा चाकू कनखियों से देख लिया है। अब उसे पक्का विश्वास हो गया है कि लड़के उस चीन वाली पार्टी के हैं। ज़रूर उसे चाकू मार देंगे। और अगर अगले चौक पर खड़ा सिपाही यहाँ पानी पीने आ गया तो?...

वह मुँह–ही–मुँह में हनुमान चालीसा पढ़ना शुरू कर देता है, फिर पानी के दो बड़े–बड़े गिलास भरता है। अन्दर आकर बिल्कुल चाकू के सामने रख देता है। अगर सिपाही बाहर से देखे भी तो अन्दर मेज़ पर रखा चाकू उसे दिखायी न दे। वह फिर बाहर लौट जाता है।

"देखा। ताक़त का ज़ोर। साला चाकू देखकर बिना माँगे पानी दे गया है। मैं कहता हूँ कहीं से मशीनगन मिल जाये तो इन सब माँ के यारों...।

लम्बा जेब में हाथ डालता है। चालीस पैसे गिनकर मेज़ पर रख देता है। लाले को आवाज़ देता है, ''पैसे ले ले।''

लाला चालीस पैसे देखकर कहता है, ''बाऊ जी दस पैसे और दो। पच्चीस का कप है।''

''क्यों? अन्दर कूलर लगा रखा है क्या? लेने हैं तो ले। यही रेट है। नहीं तो मौज कर।''

छोटा चाकू उठाकर देखता है। लाला पैसे उठा लेता है। छोटा मुस्कुराकर चाकू जेब में रख लेता है। दोनों बाहर आ जाते हैं।

दोनों सड़क के बीचो–बीच नपे–तुले क़दमों से आगे बढ़ रहे हैं। उनके पैरों की आहट उभरती है और झट से गर्मी में पिघलकर बह जाती है।

''रिक्शा करें?'' छोटा।

''पैसे हैं?'' लम्बा।

छोटा अपनी जेबें टटोलता है। पचास पैसे का सिक्का मिल जाता है। इसे देखकर लम्बा कहता है, ''पर वहाँ तक तो रिक्शेवाला रुपया माँगेगा।''

''देखते हैं चल पेड़ के नीचे ठहरें।''

दोनों पेड़ के नीचे प्रतीक्षा कर रहे हैं। पसीने की धार बगल से निकलकर कमर तक धीरे–धीरे सरकती हुई पहुँच गयी है। छोटा कमीज़ दबाकर धार का बहाव तोड़ देता है। फिर वह अपनी आदत के प्रतिकूल बहुत धीमी आवाज़ में कहता है, ''कितनी गर्मी है। दिल चाहता है किसी का ख़ून कर दूँ।''

लम्बे को अब डर लगना आरम्भ हो गया है। दूर से एक रिक्शा घिसटता हुआ–सा इस ओर आ रहा है। छोटा हाथ उठाकर इसे रोकता है। पैसे पूछे बिना इसमें बैठ जाता है। लम्बा पल–भर के लिए झिझकता है, फिर वह भी बैठ जाता है।

"चल गाँधी बाज़ार ले चल," छोटा।

रिक्शेवाला अधेड़ आयु का है। दोनों को निगाह भरकर देखता है। उसे निश्चय हो जाता है यह सवारियाँ झगड़ा करेंगी। पैसे पहले तय कर लेने चाहिए।

"एक रुपया लगेगा।"

"अठन्नी मिलेगी। बहुत बड़–बड़ न कर", छोटा।

"मैं नहीं जाता। कोई और रिक्शा कर लो। दो मील दूर जाना है और एक अठन्नी।"

छोटे के कान लाल हो गये हैं। वह एक हाथ से दूसरे हाथ को दबा रहा है।

"नहीं चलता? कैसे नहीं चलता। तेरा बाप भी चलेगा।"

रिक्शेवाला बिल्कुल नहीं डरा। ऐसे बदमाश गाहक तो टकराते ही रहते हैं।

"ओ बाऊ फिर गाली न देना। चल, उतर नीचे", उसने छोटे का हाथ पकड़ लिया है। छोटा हाथ छुड़ाने के लिए ज़ोर लगा रहा है, लेकिन रिक्शेवाले का पंजा उसके हाथ पर शिकंजे की तरह कस गया है। छोटा कशमकश कर रहा है। अब लम्बा रिक्शेवाले को ज़ोर का धक्का मारता है। रिक्शेवाला हैंडल पर जा गिरता है। फिर वह उठकर झपटता है और लम्बे के रेत–रंगे बाल पकड़ लेता है। वह छोटे को बहन की मोटी–सी गाली देता है।

गर्मी बहुत पड़ रही है। उबले हुए पानी की बाल्टियाँ सब ओर बहा दी गयी हैं। छोटे को आज भी नौकरी नहीं मिली। वह आज सुबह से आग लगाने, बम चलाने की बातें कर रहा है। फिर रिक्शेवाले ने उसे बहन की गाली दी है। लम्बे को अब भी उसने बालों से पकड़ रखा है। और फिर आज गर्मी इतनी अधिक पड़ रही है कि किसी का ख़ून कर देने को दिल चाहता है।

वह जेब में हाथ डालता है। ग्रॅनेड बाहर निकालकर रिक्शेवाले की ओर झपटता है। लेकिन उसके हाथ में इस समय काल्पनिक ग्रॅनेड नहीं, चमकता हुआ चाकू है। उसका हाथ ऊपर उठता है। सूरज की निर्दय रोशनी में चाकू चमकता है और फिर रिक्शावाले के गले में पूरा–का–पूरा अन्दर घुस जाता है।

लम्बे के बाल उसके हाथों से छूट जाते हैं। वह नीचे लुढ़क जाता है। लम्बा दोनों हाथों से खींचकर चाकू उसके गले से बाहर निकालता है। उसे रिक्शेवाले की कमीज़ से साफ़ कर लेता है।

दोनों भाग खड़े होते हैं। उनके क़दमों की आहट सड़क पर दनदनाती और फिर एक गली में जाकर अचानक गुम हो जाती है।

रिक्शेवाला ज़िबह हो रहे बकरे की तरह बाँ–बाँ करके शोर मचा रहा है। साइकिलों पर जा रहे लोग वहाँ पर थम जाते हैं। दूर चौक पर खड़ा सिपाही भीड़ देखकर, शोर सुनकर वहाँ पहुँच जाता है। छोटी–सी भीड़ वहाँ पर जमा हो गयी है। सिपाही उसके गले से बहती हुई लहू की धार को देखता है। मामला संगीन है। एक आदमी से साइकिल माँगता है, ''मैं थानेदार को बुलाकर अभी आया।''

सिपाही बड़ी तेज़ी से पास वाले थाने की ओर साइकिल पर बढ़ जाता है। जमा हुए लोग धीरे–धीरे बातें करना आरम्भ कर देते हैं।

''देखो कितना ख़ून निकल रहा है। यह बचता नहीं।''

''और सिपाही को देखो। इसे हस्पताल ले जाये, किसी डॉक्टर को बुलाये, लेकिन भागा है थाने की ओर।''

''अब वह कहाँ बचता है। बेचारा ग़रीब मारा गया।''

''अजी ग़रीब कहाँ? यह रिक्शेवाले भी परले दर्ज़े के बदमाश हैं। ज़रूर कुछ कहा होगा। हो सकता है सवारी का पर्स छीनकर भागने की कोशिश की हो। चाकू कोई ऐसे थोड़े ही मारता है।''

भीड़ आगे की घटना की प्रतीक्षा में खड़ी है। खोखेवाला भी वहाँ पहुँच गया है। ख़ून देखकर दहल जाता है। आज तो हनुमान जी ने उसे बचा लिया, नहीं तो क्या पता वह लड़के उसे ही मार डालते।

थानेदार वहाँ पहुँच गया है। भीड़ उसके लिए रास्ता छोड़ देती है। रिक्शेवाला अब बेहोश हो चुका है। वह किसी को थोड़ा पानी लाकर उसके मुँह में डालने के लिए कहता है। फिर वह सब लोगों से पूछता है कि किसी ने यह घटना अथवा मारने वाले को देखा तो नहीं। सब 'न' में जवाब देते हैं। तब थोड़ी दूर पर सड़क के किनारे वाले खोखे पर उसकी निगाह पड़ती है, ''यह खोखा किसका है?''

''जी मेरा'', लाला आगे आता है।

''तुमने ज़रूर सब–कुछ देखा होगा।''

"न जी। मैं तो अन्दर सफाई कर रहा था, भीड़ देखकर यहाँ आ गया। मैंने कुछ नहीं देखा।"

एक आदमी रिक्शेवाले के मुँह में पानी डालता है। वह आँखें खोल लेता है। थानेदार रिक्शेवाले के पास घुटनों के बल बैठ जाता है, "तुम उसे पहचानते हो?"

रिक्शावाला न में सिर हिलाता है।

"उनकी शक्ल–सूरत कैसी थी।"

किसी कोने में अटके हुए उसके प्राण ज़ोर मारते हैं। वह फटी–फटी आँखों से सब ओर देखता है। घाव ताज़ा है। इसलिए बहुत दर्द नहीं हो रहा। वह बड़ी कठिनाई से धीमी आवाज़ में जवाब देता है, "दो थे। एक लम्बा था। भूरे बालों वाला। एक छोटा था। सिर बहुत बड़ा था। उसकी आँखें मुर्दों–जैसी थीं। चेहरे की हड्डियाँ निकली हुई थीं। दोनों लिखे पढ़े...', और प्राणों की बची हुई शक्ति समाप्त हो जाती है। उसका शरीर किसी जख़्मी परिन्दे की तरह फड़फड़ाता है और फिर उसका सिर एक ओर लुढ़क जाता है। गले से अब ख़ून निकलना बन्द हो गया है, जिस्म में लहू शायद है ही नहीं।

थानेदार उठ जाता है। पैंट पर लगी हुई मिट्टी को हाथों से पोंछता है। वह भीड़ पर निगाह डालता है और सकते में जम जाता है, हैरान रह जाता है वहाँ पर जितने लोग खड़े हैं उनमें से बहुत सारे लम्बे कद के हैं। और इन सबके बाल भूरे हैं। बाक़ी लोग छोटे कद के हैं और इनके सिर भारी–भारी और बड़े हैं। इनके चेहरों पर मुर्दा आँखें चिपकी हुई हैं। इनके चेहरों की हड्डियाँ उभरी हुई हैं। वह अपने पास खड़े हुए सिपाही की ओर देखता है। उसका कद लम्बा है। और उसके सिर के बाल भूरे हैं। फिर थानेदार को अपने छोटे कद का ख़याल आता है। वह अपने मुँह पर हाथ फेरता है। यहाँ पहुँचा था तो चेहरे पर दोहरा मांस लटका हुआ था। लेकिन अब हाथों को हड्डियाँ चुभ रही हैं। सब एक जैसे चेहरे हैं। वह हैरान है कि पकड़े तो किसे?

सिपाही रिक्शेवाले का तहमद उतारकर उसका शरीर ढक देता है। और धीरे–धीरे एक जैसे चेहरे वाले सारे लोग वहाँ से जाना आरम्भ कर देते हैं।

□□